很久很久以前

中外神话故事

李 纲 ◎ 编著

长江出版传媒　长江文艺出版社

目录

中国神话

002　神农的传说

010　先蚕娘娘嫘祖

016　鲧禹治水

022　日月潭的故事（高山族）

阿兹特克神话

030　太阳神威济波罗奇特利和墨西哥城的建立

希伯来神话

038 巴别塔的故事

044 诺亚方舟

埃及神话

054 女神贝斯特的故事

北欧神话

062 喜欢恶作剧的洛基

希腊神话

072 欧洲的由来

078 爱上雕塑的皮格马利翁

085 西绪福斯的智慧

印度神话

096 象头神伽内什的故事

日本神话

104 月亮公主辉夜姬

中国神话

神农的传说

在远古时代,人类还没有熟练地掌握各种工具,对大自然的了解也非常有限,缺乏食物,缺少药品,所以经常遭到饥饿和疾病的折磨,很多孩子还没来得及长大,就因为饥饿和疾病的摧残早早离开了人世。所以,那时候谁家要是生了孩子,根本就顾不上高兴,因为他们非常担心自己的孩子不能顺利地活下来。

这天,一个小男孩降生在中国西部的姜水附近一个名为姜的部落。

"你看我们的孩子,长得可真特别!"孩子的母亲女登高兴地说。

"是啊!不管他长得怎样,都是我们的孩子啊!"孩子的父亲、部落的首领少典高兴地应和着。

原来，这个孩子虽然拥有人的身躯，却长着一个牛头。更神奇的是，这个孩子生长得特别快。他三天后就能开口说话，五天就能行走奔跑，七天后嘴里的牙齿就全部长齐了。不到一个月的工夫，他的个头居然就差不多和成年人一样高大了。所以，他的父母就给他起了个名字，叫魁。魁既有身材魁梧的意思，也有魁首的意思，表示他长大后将成为部落的首领。

发现五谷

那时候，人类主要通过捕猎和采集获得食物。每天天不亮的时候，部落的男人们就得一头钻进丛林打猎，女人们也得到处去搜集野菜和野果。魁非常聪明，他从小就跟着爸爸妈妈一起去捕猎和采集。很快，他就掌握了各种动物的出没规律和植物的生长习性，每次出门都能满载而归。忙完之后，他总喜欢一个人跑到林子里，静静地观察各种各样的植物。部落里的人觉得他很奇怪，那些花花草草有什么好看的呀？可他们不知道，魁是在观察植物生长的过程和规律。

随着部落里的人慢慢变多，猎物渐渐地少了，附近的野菜野果也快被吃光了。因为没有充足的食物，人们常常饥一顿饱一顿，生活越来越艰苦。

这天，魁一进家门，就看见父亲和母亲因为没有吃食而唉声叹气。

此时的魁已是一个十几岁的少年，他不忍父老乡亲继续挨饿，决心要让所有人都能填饱肚子。他向父亲少典说道："我发现植物们有一个特殊的本领，它们能通过各种方式在土地里播下自己的种子。这样，来年的时候，土地上就能长出更多的植物。如果我们能找到一种好吃的植物，然后把它当作种子集中播种，大家就再也不用饿肚子了！"

父亲简直不敢相信自己的耳朵。自己种粮食？这种事可是头一次听说。看着父亲疑惑的目光，魁斩钉截铁地说："我愿走遍四方，为大家找到合适的主粮，否则决不回家。"

看着儿子坚定的目光，少典低头沉思了半天，最后迟疑地点了点头。

魁告别父母后就出发了。他翻过大山，越过丛林，经过沼泽，踏过平原，无论是地上长的，还是树上结的，无论什么他都放到嘴里尝一尝、品一品。

可是，这些东西要么又苦又涩难以下咽，要么就是应时而生、不宜贮藏，都不能作为主粮。好几年的时间过去了，魁也从一个翩翩少年变成了一个俊朗的青年，可合适的种子还是没有找到。

谷神稷听说了魁的事迹，十分感动，他决心帮助这个善良的年轻人。于是他化身为一只周身通红的小鸟，飞到了魁的身边。

小鸟叼着几粒种子落在地上。它伸出爪子，左刨刨右刨刨，将几粒种子埋进土里，然后就扑棱着翅膀飞走了。

小鸟刚一飞走，天空就下起了大雨。几株秧苗从土地里探出头来，然后欢天喜地舒展开身子，越长越大，不一会，就结满了谷穗。

眼前的一幕让魁目瞪口呆。他赶紧走上前去，摘下一粒谷穗，剥掉外壳，放进嘴里。一股香甜的味道顿时在嘴里弥散开来。找到了！找到了！这不就是他历经千辛万苦想要找到的食物吗？

魁将所有的谷穗搜集起来，然后披星戴月、马不停蹄地赶回部落。他带领大家将这些谷穗作为种子播撒到土地里，没过多久，地里就长满了植物。魁数了数，一共有五种粮食，他分别起名为稻、黍、稷、麦、菽，这就是我们现在经常吃的水稻、黄米、小米、大麦和豆子。后来，人们将这五种粮食称为"五谷"。

有了五谷，人们再也不用担心粮食不够吃了。为了感谢魁的功绩，人们给他起了个新名字——神农。

勇尝百草

部落里一些居民最近不知道吃了什么东西，天天闹肚子，身体虚弱得站都站不起来了。

神农现在已经是部落首领了，在他的领导下，大家的生活越来越红火。可是，可恶的疾病依然三番五次地造访他的部落，夺去了很多生命。看着部落里生病的同胞，神农想起了自己寻找五谷时经历的一段奇遇。

那天，他靠着一棵大树想歇歇脚，低头一看，树荫下长着几朵蘑菇。这些蘑菇通体鲜红，伞面上还点缀着绿色的花纹，十分美丽。

"这么好看的蘑菇，吃起来味道也一定很鲜美！"想到这里，神农情不自禁地采了一朵蘑菇，放进了嘴里。

"啊!"神农刚尝了一口,便捂着肚子,难受地在地上打起滚来。原来这竟是一朵毒蘑菇!

不过,一朵毒蘑菇可难不住从小熟悉各种植物的神农。丰富的经验告诉他,在有毒的植物旁边,通常都有解毒的草药。他连忙从旁边的灌木上扯下一把树叶塞进嘴里,顿时觉得唇齿留香。他将树叶吞进肚子后,感觉有一股清澈的溪流从身体中穿过,腹部的疼痛也瞬间无影无踪了。

神农将自己发现的这种植物叫作"茶"。

想起这段经历,神农赶紧采来茶叶,将它们放进水中用火煮开,然后将煮好的汁水喂给腹痛的居民。很快,大家就恢复了健康。

经历了这场风波,已经白发苍苍的神农决定再次踏上征途。不过这次他要找的不是粮食,而是草药。他暗下决心:"我要走遍山川,去寻找各种能够治疗疾病的草药,将人类从病魔的威胁中解救出来。"

神农于是向高山进发。路遇各种奇花异草,他都会采下来放到嘴里尝尝,然后记录下来。这可比寻找粮食艰苦多了。

"呸呸呸！这草药好苦！"

"哎呀，肚子疼，这种植物有毒！"

这两句是那些年神农说得最多的话。

由于吃了太多的毒药和草药，神农的身体逐渐变得透明起来，他一低头就能看到吃进去的植物在体内消化的过程和发挥的功效。有了这个神奇的本领，神农干得更起劲了，他详细地记录了各种植物的味道和功效，发现了止血的三七、可以退烧的柴胡、能够止咳的枇杷叶、可以清热败火的甘草……

天神被神农无私的精神感动了。一天清晨，神农正睡得迷迷糊糊，依稀听到耳边响起了一个声音："神农，我将这根赭鞭送给你，希望你好好利用它，为人类造福。"

神农一惊，猛地坐起身，四下张望，一个人影都没有看见，可是身边却多了一根红褐色的鞭子。

天神送我这根鞭子干吗呢？神农好奇地举起鞭子挥了一挥，神奇的事情发生了——原来这是一根可以变化颜色的神鞭：碰到有毒的植物它会保持红色，遇到能解毒的植物就会变成绿色，碰到退烧的植物会变成蓝色，碰到止疼的植物会变成黄色……

有了这根神奇赭鞭的帮助，神农寻找草药的效率就更高了。他记录下了三百六十五种草药的疗效，写成一本书——《神农本草经》，帮助人们战胜了很多疾病。神农去世之后，人们为了纪念他的功德，将他奉为"药王"。

知识小课堂

神农本草经

《神农本草经》是我国现存最早的药物学专著。该书并非一人一时所完成，而是经诸多医家不断加工整理而成。冠以"神农"之名，既是基于"神农尝百草"而发现药物的传说，也是托古之风的表现。全书共收载药物365种，与一年365日相合，寓意着药物与自然的紧密联系，对中医药学的发展具有深远的影响。

先蚕娘娘嫘祖

在很久很久以前,有一个美丽富饶的西陵国,那里山清水秀、气候宜人,有着肥沃的土地和茂密的森林。

然而,一场突如其来的暴雨打破了西陵国人们平静的生活。一个风雨交加的夜晚,天空仿佛被撕开了一道大口子,狂风如同一头怒吼的野兽在大地上肆虐,暴雨倾泻,连续下了三天三夜。狂风和暴雨引发了凶猛的洪水,农田被淹没,家园被摧毁,很多人甚至丢掉了性命。

就在这时,西陵国首领家中诞下了一个女婴。

"你们说,这个女孩的出生和西陵国遭受的这场灾难会不会有什么关系呢?"在紧急召开的部落首脑会议上,一位长老问道。

"这还用说吗？我都七十多岁了，从没见过这么大的雨。偏偏这娃娃出生的时候，雨就下个不停。恐怕，这个女娃是个不祥之人啊。"另一个长老搭腔道。

大家七嘴八舌地议论开了，都认为是这个刚刚出生的女婴将灾难带给了西陵国。如果留着她，国家还会遭受更多的灾难。

西陵国的首领是一个负责任的领袖。他很清楚，国家正在遭受的灾难怎么可能和一个刚出生的孩子有关系？但是，自己女儿的到来的确让国家变得人心惶惶。为了安抚国民，激励大家全力救灾、拯救国家，他做出了一个艰难的决定——将自己刚出生的女儿遗弃在山林中，让她自生自灭。

可怜的女婴就这样被遗弃在山林里。小家伙又冷又饿，只能一个劲地啼哭。就在大家以为这个女婴必死无疑之时，奇怪的事情发生了。山林里那些凶猛的虎豹豺狼纷纷走了过来，围在女婴的身边，用它们温暖的身体为她遮挡风雨。一些刚生完孩子的母兽甚至将自己的奶水喂给女婴。西陵国的人们看到这一幕全都傻了眼，连连祈求首领："大王，您快把这孩子接回来吧。这个女孩一定受到了上天的庇护；如果遗弃她，一定会受到上天惩罚的！"

首领和夫人当然是求之不得啊。他们连忙接回了自己的孩子，并给她起名"嫘祖"——"嫘"和"雷"同音。别忘了，这个女孩可是在雷雨交加的时候出生的。

那时候，人们还没有正儿八经的衣服，平时只能穿着兽皮和粗麻做成的简陋衣物。这些衣物又硬又粗糙，穿起来很不舒服。不过，嫘祖和其他小朋友可顾不上这么多，对他们来说，每天能够快快乐乐地玩耍才是最重要的。一天，他们正在一片桑树林里采桑葚吃，突然，嫘祖发现桑树上挂着一枚枚白色的"果子"，上面还覆盖着一层白色的绒毛。

"你们看，桑树上有好多奇怪的'桑葚'！"嫘祖指着桑树惊呼道。

这群孩子里数嫘祖胆子最大。她二话不说，爬到树上，摘下"果子"，塞进嘴里。

"呸呸呸，什么怪味啊！"嫘祖忙不迭地将嘴里的"果子"吐了出来。

"哈哈，你着什么急啊！爸爸说过，白色的桑葚一般都没有熟，不好吃。得用水煮着吃。"一个小伙伴说道。

于是，嫘祖将"白果子"拿回家，起锅烧水煮了起来，一边煮一边拿着木棍在锅里不停搅。很快，水就煮开了，她迫不及待地尝了一口锅里的水。

"咦，好难喝！"嫘祖皱着眉头捞出"白果子"。这时她发现了一件奇怪的事情："白果子"煮过之后，好像有了黏性，用手一扯，还能拉出一道绵软的白丝。

她继续用木棍搅动锅里的水，将锅里的"白果子"煮得软软的、烂烂的，然后捞了起来，抽出一道道的白丝。

嫘祖仔细观察，发现这些白丝既柔软又有韧性，还很轻巧。她心中一动："这些白丝这样柔韧轻巧，如果做成衣服穿在身上一定很舒服。"

从那以后，嫘祖就经常跑进桑树林里，一边搜集更多的"白果子"，一边观察"白果子"是怎么形成的。原来，桑树林里生活着很多蚕，这些蚕长得白白胖胖的，还特别喜欢吃桑叶。它们吃饱喝足之后，就会从口中吐出一根根细丝，将自己包裹起来，形成一个个白色的蚕茧。

为了能得到更多的蚕丝，嫘祖将一些蚕和桑叶带回家里。她经过精心地饲养，培育了越来越多的蚕，得到了足够多的蚕茧。她从蚕茧中抽出细丝，将这些细丝编织成布匹，然后又用布匹做了一件又轻又薄、穿起来特别柔软、表面散发着光泽的衣服。嫘祖给这种新发明的制衣材料起了一个好听的名字：丝绸。

"这件衣服好漂亮啊！"嫘祖穿着这件丝绸衣服出现在部落的集市上时，马上就吸引了所有人的注意。大家都说这件衣服穿起来漂亮，摸着还特别舒服，于是纷纷向嫘祖询问这件衣服是怎么做出来的。

嫘祖是个特别大方的女孩，她非常热心地教会大家如何养蚕、如何抽丝、如何编织。很快，大家都掌握了制作丝绸的技艺。大家发现，丝绸不仅可以用来做衣服，还能用来做被子、做头巾，甚至还能用来写字。丝绸的出现让大家的生活变得更好了！后来，嫘祖发明的丝绸通过著名的丝绸之路传到了世界各地，全世界的人都穿上了用中国丝绸做成的衣服。嫘祖也因为她的这一伟大发明而被人们尊称为"蚕丝之母"和"先蚕娘娘"。直到今天，中华儿女还在怀念这位伟大的女性，感谢她为人类文明做出的巨大贡献。

知识小课堂

丝绸之路

丝绸之路，简称"丝路"，起源于西汉时期，由张骞出使西域开辟。这是一条以长安（今陕西西安）为起点，经甘肃、新疆，通往中亚、西亚，甚至远达地中海各国的陆上贸易通道。因其运输的货物中丝绸制品影响最大，故得名。丝绸之路不仅是古代东西方贸易的重要通道，也是文化、宗教、技术等多方面交流的桥梁，对促进世界文明的发展具有重要意义。

鲧禹治水

在遥远的古代，人间曾经暴发过一场凶猛的洪水。天空好像破了无数个窟窿，暴雨倾盆而下，江河像一条条巨龙在人间肆意盘旋，吞噬了农田、摧毁了人们的家园。侥幸逃过一命的人们也被迫躲到高山上，啃树皮、穿麻衣，过着饥寒交迫的生活。

这时，一个名叫鲧的英雄站了出来。他鼓励大家不要放弃希望，要和洪水斗争到底。

当然，鲧可不是只会喊喊口号，他已经想到了一个对抗洪水的办法。原来，在天帝的花园里有一种神奇的宝物，名叫息壤。虽然息壤和普通的土壤长得一模一样，但只要一碰到水，它就会迅速膨胀，变成一座高大的堤坝。如果天帝愿意将息壤交给人类，人类不就可以轻轻松松地征服洪水了吗？

于是，鲧来到天庭，请求天帝赐给人类一些息壤。

但高高在上的天帝却草草地打发了鲧："人间的洪水，和天庭无关。我凭什么将天庭的宝物平白无故地送给人类？你快走吧。"

鲧没有想到天帝居然这么冷漠，竟然毫不关心人间疾苦，顿时气不打一处来。"哼！平时你可没少享用我们人类给你的供品和祭祀，那时候你怎么不说天庭和人间无关了？不管你给不给，息壤我是要定了！"

鲧下定决心，无论如何要把息壤弄到手。这可是关乎人类的生死存亡啊！

当天夜里，鲧就偷偷溜进了天帝的花园，偷走了一包息壤。别看只有一小包，对付洪水已经绰绰有余了。鲧指挥大家在江河沿岸撒下息壤。很快，一道道坚固的堤坝就困住了洪水，人类也迎来了难得的喘息机会。

就在鲧打算一鼓作气、彻底征服洪水时，天帝觉察到不对劲了。他偷偷派火神祝融去人间探查，发现果然是鲧窃取了天庭的息壤用于治水。

鲧竟然敢不听天帝的命令，这让天帝大发雷霆：

"真是岂有此理！鲧这家伙竟然敢偷天庭的宝物，这还了得！"盛怒之下，天帝命令祝融将鲧处死，然后将鲧的尸体抛弃在羽山，并向人们宣布："任何人都不能埋葬鲧，否则就会和他有一样的下场！"显然，天帝是想杀一儆百，警告人类不要冒犯天庭的威严。

由于害怕天帝的惩罚，人们只敢远远地看着领导他们治水的英雄，用充满敬意的目光寄托自己的哀思。接下来，他们就发现了一件怪事。

三年过去了，鲧就这样静静地躺在羽山，好像刚刚睡着了一样。而且，没有任何一只野兽去冒犯他，好像这些野兽也知道，这是一位治水的英雄。更奇怪的是，鲧的肚子一天天地鼓了起来，就像里面有个小宝宝一样。

这件怪事很快就传到了天帝的耳朵里。天帝心想："奇了怪了，我活了几千年，这种怪事别说看见了，就连听都没听说过啊！"

一抹金光从天庭直射而下，照到鲧的身旁。原来，这是天帝派人来一探究竟了。一位天神来到了鲧的身边，手持一把名叫"吴刀"的宝刀，轻轻地划开鲧的肚子。突然，一条小龙从鲧的肚子里飞了出来，摇身一变，竟然变成了一个白白胖胖的小男孩。

原来鲧一直心有不甘，他遗憾自己没有征服洪水，没有拯救同胞。于是他把战胜洪水的决心便化成了一缕魂魄封存在他的身体中，并因此孕育出了一个新的生命。这个小男孩就是鲧的儿子——大禹。

铁石心肠的天帝被鲧无私为民的精神深深感动了，没有伤害这个孩子的性命。

大禹一天天长大了。他不愧是鲧的儿子，从小就知道自己肩负的使命。他努力地学习各种知识，努力地锻炼自己的身体，因为他知道，自己就是为了治理洪水而来到这个世界的。可是，没有息壤可用，怎么战胜这滔天的洪水呢？

"没有天帝的息壤，难道我们人类就只能坐以待毙吗？"大禹给同伴们打气，"你们忘了吗？我们的地势是西边高、东边低，所有的江河最后都会奔流入海。我们为什么不能利用这个现象，让洪水流向它该去的地方呢？"

这一席话让大家茅塞顿开。对呀！以前大家只想到修建堤坝堵住洪水，却没想到还可以修建河道、疏通洪水。

大禹的建议得到了大家的一致赞同。在大禹的带领下，大家翻山越岭、探察地形，然后开挖河道，将淤积的洪水导向了大江大河，顺着江河流入海洋。

当然，这可不是一件容易的事。一天，大禹和同伴们顺着黄河来到了龙门山。只见汹涌的河水被大山挡住了去路，变得无比狂躁，像一头发了狂的野兽一样到处乱撞，把上游变成一片泽国。

"大禹，这可怎么办啊，黄河的水被堵住了！"伙伴们都慌了神。

大禹死死盯着眼前的大山，一字一顿地说道："把山凿开！"

"这么大的一座山，怎么凿啊？"伙伴们怀疑自己听错了。

"就算是用牙齿咬，我们也要把大山啃出一个缺口！"

就这样，大禹带领大家一铲一铲地挖，终于从龙门山的山顶到半山腰砍开了一道缺口。洪水顺着峭壁奔流而下，就像从两扇山门中穿过。后人为了纪念大禹的功德，将这扇山门称为禹门。对了，禹门还有一个名字，叫龙门。传说如果一条鲤鱼能够逆流而上，冲过龙门，就能化身成为飞龙。"鲤鱼跳龙门"的典故就是这么来的。

就这样，大禹几乎走遍了华夏大地的每一个角落，最终成功地将所有的洪水都引入了大海。

洪水消退，华夏大地又焕发出生机，人们终于迎来了安居乐业的生活。鲧和大禹治水的故事，也将永远被华夏儿女铭记心间。

知识小课堂

父亲生孩子的神话

大禹是由父亲鲧生下的孩子，这类神话在世界范围内并不少见。例如希腊神话中宙斯生下雅典娜，印度神话中毗湿奴生下阿雅潘，等等。这种父亲生子的神话往往诞生于母系氏族公社时期到父系氏族公社的过渡时期，也就是母权社会到父权社会的转型期，标识了父亲对子女血缘的拥有权，即孩子首先是父亲的孩子，然后才是母亲的骨肉。现代社会中子女一般随父姓，也是这种父权社会的遗风所致。

日月潭的故事（高山族）

在中国的宝岛台湾，玉山和阿里山之间的山头上，有一个美丽的日月潭。日月潭是台湾最大的淡水湖，水质晶莹剔透、清澈见底，周围群山环抱、林木葱郁，形成了"青山拥碧水，明潭抱绿珠"的美丽景观。

关于日月潭，当地还流传着一个动人的神话传说。

很久以前，在这片翡翠般碧绿美丽的湖畔住着一对年轻的夫妇，丈夫叫大尖，妻子叫水社。他们以捕鱼为生，日子虽不富裕，但也太太平平、和和美美。

一天，大尖和水社正在湖边整理渔网，突然发现天空变得暗淡下来，头顶乌云翻滚，耳边雷声隆隆。大尖和水社起先以为是快要下雨了,所以并没有在意。突然,两道刺眼的光芒划破云层,就像在天空中撕开了两道大口子。紧接着,两头巨大的恶龙从天而降,它们张开血盆大口,将天空中的日月一口吞下,瞬间,世界被黑暗笼罩。

"这……这是怎么回事?"水社吓得浑身发抖,连声音也变得颤抖起来,眼神中满是惊恐。

"如果恶龙吞掉了日月,整个世界都会被黑暗笼罩。"大尖紧握着拳头,目光坚定,"我们必须做些什么,不能让这个世界永远陷入黑暗。"

于是两人踏上了征程,四处寻找能够消灭恶龙、拯救日月的方法。他们爬过了难以逾越的高山,穿越了密不透风的森林,跨过了危机四伏的沼泽。大尖手持一柄锋利的短刀,小心翼翼地在前面开路;水社则紧握着一盏古老的油灯,照亮前方未知的道路。两个人相互扶持,共同克服了一个又一个看似不可逾越的难关。

也不知道走了多远的路,他们来到了一片云雾缭绕的山谷,远远望去,隐约可见深山中一座典雅的院落。大尖和水社高兴极了,除了神仙,谁会在这杳无人迹的深山之中建造一所庭院并居住呢?

大尖和水社打起精神,又翻越了几座山头,终于来到了那座云雾缭绕的庭院。他们走进院子,一位白发如雪的老神仙正端坐在院子里,笑盈盈地看着他们说:"两位年轻人,你们为何而来呀?"

大尖和水社跪倒在地,双手合十,恳求道:"尊敬的仙人,恳请您赐予我们智慧与力量,指引我们如何解救那被恶龙吞噬的日月,让光明重新照耀大地吧!"

老神仙微微颔首,目光中闪过一丝赞许。他缓缓开口说道:"孩子们,你们的勇气与决心我已看在眼里。但是,要想救出日月,你们还必须踏上一段更为艰险的旅程。你们愿意接受这个艰巨的挑战吗?"

"只要能够拯救太阳和月亮,我们愿意!"两人异口同声地回答道。

"要想战胜恶龙,就必须去寻找传说中的金斧头和金剪刀。它们是上古神器,能够战胜一切邪恶的力量。可是,寻找它们的过程将充满危险。你们要记住,真正的力量不仅来源于神器,更来自你们内心的信念与彼此之间的信任。"

老神仙从袖中取出一张古老的地图,递给大尖:

"这张地图会指引你们找到神器。记住,真正的考验还在后面呢!"

金斧头和金剪刀藏在阿里山的深处。这是一个被茂密森林覆盖的神秘之地,树木高耸入云,枝叶交错,阳光只能透过缝隙洒下斑驳的光影。水社和大尖手持火把穿行在密林之中。他们小心翼翼地避开毒蛇猛兽,用砍刀劈开挡路的藤蔓,每一步都充满了未知与危险。

穿过密林后,他们又来到了连绵不绝的山脉前。山峰陡峭险峻,布满尖锐的碎石和湿滑的苔藓,稍有不慎就会跌入万丈深渊。水社和大尖相互搀扶,一步一步艰难地攀登。很多陡峭的岩壁,只有借助绳索和藤蔓才能爬上去。好几次,他们都差点摔下山崖,可是,两人从来没有想过放弃。

按照地图的指引,他们历经艰辛,终于来到了一个隐藏在山腹之中的神秘洞穴前。水社和大尖走进洞,在漆黑中摸索前进,摔倒了无数次,终于在洞穴深处发现了闪着金光的金斧头和金剪刀。

决战的时刻到来了。水社和大尖带着金斧头和金剪刀回到了湖边。曾经清澈的湖水已经变得和墨汁一样漆黑和黏稠,恶龙低沉的咆哮声时不时地在湖底回荡。

大尖紧握金斧头，水社手拿金剪刀，两人纵身跳入湖中，冰冷的湖水瞬间淹没了他们的身体。他们顾不上刺骨的寒冷，奋力游向湖底。终于，在一片昏暗之中，他们依稀看到了一公一母两头恶龙巨大的身影。恶龙浑身布满坚硬的鳞片，锋利的尖爪如同匕首一般，巨大的尾巴如同一条钢鞭。现在，它们正惬意地蜷缩在湖底，肆无忌惮地咆哮着，似乎在炫耀自己强大的力量。

大尖趁恶龙还没发现自己，率先发起了攻击。他挥舞着金斧头，猛地劈向公龙的头部。金斧头与恶龙的鳞片碰撞，发出震耳欲聋的声响，火花四溅。巨龙吃疼，发出一阵哀嚎。金斧头虽然威力巨大，但是由于龙鳞非常坚硬，并没有对它造成致命的伤害。

公龙怒吼着，挥舞着爪子向大尖扑来。大尖灵活地躲闪，耐心地寻找着下一个攻击的机会。趁着两条龙乱作一团，水社则趁机游到母龙身旁。她手持金剪刀，在雌龙身上寻找着弱点。她发现两条龙在打斗时总是下意识地用爪子护住自己的腹部。难道腹部就是它们身体最薄弱的地方吗？大尖悄悄潜到母龙的身边，瞅准时机，一跃而起，将金剪刀拼命刺向母龙的腹部。

母龙发出一声凄厉的惨叫，庞大的身躯在水中疯狂地扭动。但金剪刀可不是一般的兵器，它紧紧咬住恶龙的皮肉，任凭恶龙如何挣扎也无法挣脱。大尖见状，再次挥动金斧头。这一次他瞄准了母龙的颈部，一斧劈下，砍下了母龙的头颅。

公龙见势不妙，打算开溜。大尖和水社可不会这么轻易地放过它。他们追上恶龙，又是一番缠斗。很快，第二头恶龙也倒下了。

随着两头恶龙的倒下，日月也从它们的肚子里缓缓升起，浮出湖面，升上天空，重新照亮了世界。气喘吁吁的大尖和水社站在湖底，抬起头，欣慰地望着天空中的日月。这时，他们发现自己的身体迅速膨胀起来，皮肤也变得越来越坚硬。不一会儿，他们就化作了两座巍峨的高山，矗立在湖的两侧。水社变成的山峰温婉秀美，山顶常年云雾缭绕；而大尖变成的山峰则刚毅雄壮，山势陡峭。

人们为了纪念大尖和水社的英勇行为，将这两座山命名为大尖山和水社山，并将这个湖命名为日月潭。

知识小课堂

台湾八景

　　日月潭是"台湾八景"之一。作为台湾岛的代表性景观,台湾八景在不同时期所指的景点略有不同,最受认可的八景包括玉山积雪、阿里云海、双潭秋月、大屯春色、安平夕照、清水断崖、鲁谷幽峡和澎湖渔火,其中双潭秋月指的就是日月潭。近来,也有人将台北101、台北故宫博物院、日月潭、阿里山、玉山、高雄爱河、垦丁和太鲁阁峡谷称为"新八景"。台湾八景是中国壮丽河山的重要组成部分。

阿兹特克神话

太阳神威济波罗奇特利和墨西哥城的建立

在古老的美洲,有一位身躯特别庞大的女神,名叫奥亚特丽克。她的身材有多高大呢?据说,在她的裙子里,足足能装下400个太阳。

奥亚特丽克不仅是一位强大的女神,还是一位伟大的母亲,她辛辛苦苦地养育了好几百个孩子。这一天,又有一个孩子要降生了。不过,哥哥姐姐们好像不太欢迎这个即将出生的小弟弟。

"妈妈的孩子已经够多了。"

"每多一个孩子,妈妈给我们的爱就会变少。"

"这个没出生的家伙真讨厌。"

神通广大的奥亚特丽克听见了孩子们的悄悄话,不由得为肚子里的小生命担心起来,更为其他孩子的自私感到难过。这时,她的肚子里突然传出了一个既清澈又坚定的声音："妈妈，不要害怕！哥哥姐姐伤害不了我，我还要给他们一个教训呢！"

还没出生就会说话，这事也太稀奇了。奥亚特丽克心想，这个孩子长大了一定会成为一个了不起的英雄。可惜她只猜对了一半，因为这个孩子一出生就成了一个了不起的英雄。

孩子出生的日子到了。出乎所有人的意料，奥亚特丽克居然生下了一个浑身盔甲、佩带弓箭的武士。他就是太阳神威济波罗奇特利。

他刚一落地，便拈弓搭箭，无数的箭矢擦着哥哥姐姐们的脑门飞过。威济波罗奇特利并不是真的要伤害他们，只是想给他们一个警告。可是被吓破胆的哥哥姐姐们一下子就脚底抹油，化作天上的星星和月亮，躲得远远的了。从此之后，只要太阳一出现，所有的星星和月亮都会藏起来，生怕太阳看见他们。

作为太阳神，威济波罗奇特利最重要的职责就是保护太阳。每天他都会身背弓箭、手持长矛站在太阳旁边，确保太阳每天都能顺利升起，为大地带来光明和温暖。

可是，今天的太阳有一些反常。它的光芒变得暗淡，就算站在它的身边，也感受不到任何的温暖。威济波罗奇特利觉得太阳好像在害怕什么东西。他四下张望，果然，远处的大地上依稀浮现出一团黑雾。面对连太阳都感到畏惧的未知对手，威济波罗奇特利不敢怠慢，他连忙召集了几位神灵，还叫来一批阿兹特克人勇士当帮手。黑雾离太阳越来越近，雾气中还时不时传出令人毛骨悚然的嘶吼。护卫太阳的众神与人类攥紧手中的武器，严阵以待。

第一个冲出黑雾的是一条长着翅膀的巨虫。威济波罗奇特利一眼就认出这条巨虫是来自冥界的妖魔。第二个跳出黑雾的是一个和大山一样高大的石怪。紧接着，一只只来自冥界的怪兽如洪水般向太阳涌来。它们要吃掉太阳，要让大地永远陷入黑暗，要让人类成为冥界妖魔的奴仆。

面对潮水般涌来的敌人，大家一时都慌了神，甚至有人吓得浑身发抖。威济波罗奇特利很清楚，面对这群凶残的对手，如果失去了勇气，也就失去了一切。他回头看了一眼太阳，又看了看脚下美丽的大地，用一声怒吼撕破了长空："为了光明，战斗！"

威济波罗奇特利一个箭步冲出阵营，就地一个前滚翻钻到石怪的脚下，奋力将长矛插进了石怪的脚掌。石怪被这突如其来的袭击打蒙了，疼痛和慌乱让他失去了平衡，重重地摔了一跤，砸倒了身边的飞虫和一群怪兽。众神和人类受到激励，也呐喊着加入战斗。

得到支援的威济波罗奇特利越战越勇。他的长矛就像长了眼睛，招招直刺对手的要害，吓得怪兽们乱作一团。众神和人类勇士趁机将怪兽的阵形冲散，将它们一一歼灭。太阳看到自己的守护神如此勇猛，也鼓起勇气，朝着黑雾发射出密集的光箭，挡住了前来支援的怪兽大军。很快，怪兽大军就被消灭得干干净净，而冥界里的怪兽们也被吓破了胆，再也不敢出来作乱了。

通过这场太阳保卫战，威济波罗奇特利成了阿兹特克人最敬仰、最信任的神灵。阿兹特克人在他的带领下，日出而作，日落而息，过上了安居乐业的生活。

可是，好景不长。土地由于长时间的开垦，变得越来越贫瘠，粮食产量越来越少，越来越多的人陷入饥饿的困境。人们迫不得已，只好再次求助他们最崇拜的神灵威济波罗奇特利。

面对面黄肌瘦的黎民,看着那一双双充满期待的眼睛,威济波罗奇特利有点左右为难。他是人类的庇护者,只要他使用自己的神力,就能轻松地让土地重新变得肥沃起来。可是,万一人类养成依赖神灵的习惯,每次遇到麻烦就向神灵求助,那不就成了永远长不大的孩子了吗?

于是,威济波罗奇特利对人类说:"离开这片熟悉的土地吧。这片土地享受着我的庇护,养育了你们的祖先。现在,你们需要通过自己的努力,去寻找新的家园!"

阿兹特克人虽然不愿意离开家园,但为了能够活下去,只好听从了威济波罗奇特利。可是,世界那么大,到底应该去哪里重建家园呢?有人提出了这个疑问。

"那得靠你们自己去寻找了。如果你们走到一个地方,看见一只鹰正站在仙人掌上吞食一条毒蛇,那个地方就是你们新的家园。"

就这样,阿兹特克人踏上了寻找新家园的征途。他们走南闯北,跋山涉水,顶着寒冬,冒着酷暑,四处寻觅,却始终没有看到一只正站在仙人掌上吃蛇的老鹰。

经过漫长的跋涉，人们来到了特斯科科湖。为了保证旅途中有充足的水源，他们决定沿着湖岸继续探索。

"你们看！"一个走在队伍最前面的人惊叫起来。

大家顺着他手指的方向看去，有一只鹰稳稳地站在仙人掌上，爪子里牢牢地锁着一条毒蛇，正在大快朵颐。

找到了！找到了！人们兴奋地四下张望，这里紧靠湖泊，植被茂盛，山峦起伏，风景如画，的确是一个理想的定居场所。一直默默看着他们的威济波罗奇特利也开心地笑了，阿兹特克人终于靠自己的努力找到了新的家园。

阿兹特克人在特斯科科湖边建造了一座美丽的城市，他们的子孙后代也在这座城市里过上了幸福快乐的生活。这座城市就是墨西哥城。今天，墨西哥已经成为一个国家。对了，差点忘记说了，墨西哥国徽上的图案正是一只站在仙人掌上吞食毒蛇的老鹰。

知识小课堂

阿兹特克文明

阿兹特克文明是古代阿兹特克人所创造的印第安文明,和印加文明、玛雅文明一起被誉为美洲古代三大文明之一。阿兹特克文明是世界上最早掌握梯田灌溉技术的农业文明之一,他们的医生很早就掌握了麻醉技术并将其运用于外科手术,他们的天文学家也曾精准地算出一年有365天。16世纪初,西班牙殖民者利用印第安人内部矛盾进攻阿兹特克国并占领其首都墨西哥城,阿兹特克文明至此毁灭。

希伯来神话

巴别塔的故事

也许你正在因学习外语而苦恼。可是，你知道吗？起初，全世界的人类都讲着同一种语言，他们交流起来毫无障碍，根本就不需要学习任何外语。

有一天，人类来到亚洲西部一片名叫示拿的广阔的平原，这里土地肥沃、水草充足、气候宜人。于是，人们决定在这里定居下来。由于大家讲着相同的语言，所以他们能够轻松地传播知识、沟通思想、交流意见，人类的文明也因此得到了快速的发展。

经过千百年的繁衍生息，人类的数量越来越多，人们掌握的知识和工具也越来越丰富。这时，一个大胆的念头浮现在了人类的脑海中。

"我们建造一座通天的高塔吧！"不知是谁第一

个提出了倡议。

"好主意！这样，我们的子孙后代只要看到这座高塔，就能想起我们！"

"而且，大家有了共同的努力目标，可以变得更团结！"

"等塔建好了，我们所有人都可以搬到塔里去住，这样，大家就都成了邻居啦！"

"要是把塔修到了天上，我们人类就可以和天国里的上帝做邻居了。你们说，那些天神平时都在干吗呢……"

大家七嘴八舌地议论着，都觉得这个主意实在太棒了。当然，有一句话他们憋在心里没有说出来："如果通过高塔登上天国，那人类不就能和上帝平起平坐了吗？"

人们决定将这座塔命名为"巴别塔"，意思是通往神界的大门。

每个人都投入到巴别塔的建造工作中。无论是年轻力壮的青年，还是白发苍苍的老人，甚至一些能帮上忙的儿童，都加入了建造的队伍。有人负责建造，有人运送材料，有人干不了太重的体力活，便负责给大家送水送饭。人们一块砖一块砖地砌起了塔身，然后用焦油将这些砖黏合起来。每一块砖都经过人们的精心打磨，大小一模一样。在堆砌的过程中，人们又将每一块砖都垒得严丝合缝，所以这座巴别塔特别坚固。很快，塔身就高耸入云，快要抵达天界了。

"过不了多久，我们就能建成一座通天的高塔了！"人类看着这座宏伟的高塔，心中充满了自豪，干劲也更足了。

人类是高兴了，可天国里的上帝不高兴了。起初，上帝觉得就凭人类根本不可能修建出一座能够通到天国的高塔；可现在他低头一看，塔都快修到天国的门口了。上帝非常愤怒，他觉得人类是在挑战自己的权威，于是下定决心，一定不能让这座塔顺利建成。

可是，怎样才能阻止人类继续建造这座塔呢？上帝看着人类团结一致、热火朝天的施工场景，一个点子浮现在脑海之中。

第二天早晨，一名工人像往常一样醒来，简单洗漱之后就招呼自己的伙伴："今天多带一些砖块和焦油，我们快点把塔建好。"

可是，平时配合默契的伙伴们这时都一脸茫然地看着他,接着从嘴里说出了一连串压根就听不懂的话。

这名工人正在纳闷,突然身后一阵巨响,一大堆砖块从高空如雨点般砸了下来,吓得地面上的人四处躲闪。他抬眼一看,原来是巴别塔上一群运送材料的工人因为没法交流,有人将车往左推,有人将车往右拉,把车弄翻了,一整车的砖块都掉落下来。

整个工地都乱成一团糟。有人从高空中往下泼废水之前高喊一声:"小心!我要倒水啦!"底下的人却因为听不懂他的话,好奇地探身张望,结果被泼了一脸脏水;有人口渴了想要一杯水喝,结果同伴却递给他一块硬邦邦的砖头……

原来,上帝施展神力,让原本说同一种语言的人类开始说不同的语言。有的人说汉语,有的人说日语,有的人说英语,有的人说俄语……人类彼此都听不懂对方说的话,再也没有办法像以前那样畅通无阻地交流了。

这下可麻烦了!着急的人类想出了各种办法,他们使用表情、手势,还有很多其他方法,想要让同伴理解自己的意思。可是,除了通过语言,哪还有什么方式能够又方便又准确地表达自己的想法呢?

由于语言不通,人们不能自由自在地聊天,感情逐渐疏远了起来;由于语言不通,人们在干活的时候没法相互配合,巴别塔的修建也被迫停工了。

更可怕的是,人类再也不是一个团结的整体了。说同一种语言的人自然而然地聚集在一起,人类因为语言的不同被分裂成了不同的群体。由于没有办法相互交流,不同群体的人类开始相互猜忌、相互争斗,甚至开始互相残杀……

再这样继续下去,别说建塔了,连命都保不住了。没有办法,人们只好放弃了建造巴别塔的梦想。他们为了避免互相残杀,只好分散到世界各地。有的留在了亚洲,有的去了非洲,有的去了美洲……他们说着不同的语言,在不同的地方有了不同的生活,养成了不同的风俗习惯,形成了世界各地不同的文化。

不过,很多人依然非常想念那个大家说着共同语言的年代,因为那个时候的人类是那么团结,那么善于合作,只有沟通没有误解,只有交流没有战争。

知识小课堂

世界语

巴别塔的故事反映了人类希望拥有同一种语言，能够进行顺畅交流的美好愿望，这一美好愿望也直接导致了世界语的产生。1887年波兰医生柴门霍夫创造了世界语，今天，世界语已经传播到120多个国家，被1000多万人掌握。随着人工智能翻译软件和机器的运用，相信在不久的将来，语言给世界各国人民带来的交流障碍会越来越小。

诺亚方舟

人类在刚诞生的时候,曾经非常善良、非常团结。可是,随着时间的推移,人类心中邪恶的念头变得越来越多。他们变得越来越自私,越来越贪婪,越来越残忍,甚至开始为了争夺财富和权力而自相残杀。这让生活在天国的天神耶和华感到非常失望、非常愤怒。

耶和华心想:"这些人太不像话了,他们会把这个世界弄得越来越糟糕!我必须想一个办法,让人类变得好起来,让世界变得好起来。"

他心中有了一个计划。但这个计划靠他自己可实行不了,他还必须得到一个名叫诺亚的人的帮助。

诺亚是一个正直、善良的人。尽管他的身边有很多坏人,但是他总能做到出淤泥而不染,从来不干任何坏事。哪怕是受到了别人的欺骗和伤害，他也总是一笑置之。大家都夸他是一个好人；有人甚至说，他是世界上唯一的好人。

在一个宁静的夜晚，一轮圆月和点点繁星照亮了大地。诺亚正独自一人仰望着夜空，忽然，一个声音在他背后响起。

"诺亚，世界上充满了罪恶与邪恶，人类的心灵也已经被黑暗蒙蔽了。我决定降下一场大洪水，毁灭这地上的一切，洗清世界上的罪恶。"耶和华说道。

诺亚惊恐地转过身去，耶和华的这个计划把他吓坏了。他用颤抖的声音问道："可是，这会让世界上所有的生命都毁于一旦啊！"

"诺亚，在这茫茫人海中，只有你的内心还保留着善良和正直。所以，我决定给你一个拯救世界的机会。"耶和华说道。

诺亚迟疑地说："我就是一个普通的人，我能承担得起这么重要的使命吗？"他紧皱着眉头，额头上沁满了汗珠。

"只要你有坚定的意志，就一定能做到。你认真记住我说的话。你要建造一艘巨大的方舟，然后带上你的家人，还有各种动物，每种动物一公一母各带上一只。当洪水暴发的时候，只有这艘方舟能成为生命的庇护所。"说完，耶和华挥了挥手。诺亚的眼前顿时出现了一幅可怕的场景，整个世界都变成了汪洋大海，到处都是惊涛骇浪。

诺亚知道，自己没有办法劝耶和华回心转意，便答应了耶和华的要求。

耶和华将建造方舟的方法和自己发动洪水的时间详细地告诉了诺亚，交代完后便回天国去了。

诺亚不敢怠慢，马上带着家人开始建造方舟。他带领他的儿子开始砍伐树木，制造船板。为了能够抵御洪水，船板必须用防水的柏木；为了避免船只漏水，船板之间还要涂上厚厚的焦油。因以，方舟的建造特别艰难，也特别费时。

人们看到诺亚一家热火朝天地建造一艘大船，都觉得特别好奇。

"诺亚，你造这么大的一艘船干吗呀？"有人问。

诺亚不敢泄露耶和华的秘密，只好别有深意地回答："万一哪天暴发了洪水，这艘方舟不就用得上了吗？"

"哈哈哈,你看这艳阳高照,哪里来的洪水啊?"众人一片哄笑。

"看来诺亚不仅是个傻瓜,还是个疯子,喜欢说疯话。"又是一片哄笑。

诺亚也不知道该说什么,只能继续埋头苦干。

就这样,日子一天天地过去了,方舟终于造好了。这艘大船有150米长、25米宽、15米高,像一尊庞然大物一样立在空地上。为了增加方舟的容量,拯救更多的生命,诺亚还将方舟隔成了上中下三层,在船舱里储备了很多的水和食物。

看着眼前造好的方舟,诺亚正伤脑筋,想着应该怎样把动物弄到船上。这时,一件奇怪的事情发生了。动物们从四面八方成群结队地走来,排好队伍,依次登上方舟。老虎、犀牛、长颈鹿、兔子、狐狸、猴子,还有很多其他的走兽和各种鸟类,不多不少,每种动物都是一公一母。

诺亚预感到可怕的事情马上就要发生了,他赶紧招呼家人登上方舟。

洪水果然来了。天空中乌云密布,电闪雷鸣,大雨倾盆而下。雨水不停地倾泻,江河湖泊的水位迅速上涨,还有巨大的水柱从地面上喷涌出来。洪水很快就淹没了大地，冲毁了房屋和农田，整个世界变成了汪洋大海。

方舟在巨浪的冲击下，左右摇摆，上下颠簸。"爸爸，我好害怕！"诺亚的孩子紧紧地抱着父亲，带着哭腔说道。

"不要害怕，孩子。你看方舟里的动物们。"诺亚亲吻了一下孩子的额头，用手指着方舟里的动物，温柔地说道。

"咦，这些动物好奇怪啊。那只大老虎正在给山羊挠痒痒。看，那只灰狼正和小兔子捉迷藏呢。"

"对呀。只要大家和睦相处、团结一致，就没有克服不了的困难。不要害怕，越是感到恐惧的时候，越是要让心里充满阳光。"

暴雨整整下了四十天。食物和水越来越少了，诺亚和动物们都开始自觉地控制食量、减少饮水。因为他们知道，外面是汹涌的洪水和呼啸的狂风，而方舟内则是生命的坚守和希望，多坚持一天，就能多一分希望。

雨终于停了。诺亚带着家人来到船头，感受着久违的阳光和新鲜的空气。他翘首望去，希望能够看到陆地，可是整个世界都似乎被淹没在了洪水里，连山峰都没了踪影。

"诺亚,你说洪水退了没有?"诺亚的妻子忧心忡忡地问道。她知道,船上的水和食物已经不多了,如果再找不到陆地,大家都要饿死或者渴死了。

诺亚摇摇头,因为他也不知道洪水是否退去了。

这时,一只乌鸦飞到了诺亚的胳膊上。

"乌鸦,你是想去探察一下我们周围有没有陆地吗?"诺亚问道。

乌鸦呱呱地叫了几声,飞走了。

好几天之后,乌鸦垂头丧气地飞回了方舟。看着乌鸦那泄气样,所有的动物都垂下了脑袋。

诺亚摸了摸乌鸦的脑袋,高声喊道:"不要放弃希望,有谁愿意自告奋勇再去探寻陆地?"

一只白鸽飞了出来。它朝着诺亚点点头,扇动翅膀,朝着远方飞去。

一连好几天,大家都没有看到白鸽的身影。绝望的气氛在方舟中弥散着,只有诺亚每天给大家打气。

这天,诺亚吃完了自己最后一份食物,喝完了最后一杯水,镇定地走到船头。

"你们快来看!"随着诺亚这一声兴奋的呼喊,

所有的动物都争先恐后地涌向船头。幸亏方舟很庞大，要不然就会船头朝下，一猛子扎进水里了。

天空中出现了一个白点，正朝着方舟而来，而且速度越来越快。"白鸽回来了！"诺亚的孩子高兴地蹦了起来。

真的是白鸽。它不仅回到了方舟，嘴里还叼着一片橄榄叶。

橄榄是陆地上生长的植物。洪水真的退去了。

"向着白鸽飞来的方向，全速前进！"诺亚振臂高呼道。身后的动物们一片欢腾。

很快，他们就来到了一片陆地。诺亚一家和动物们终于踏上了久违的土地。尽管经历了洪水的洗礼，但是土地上已经长出了青翠的绿草、美丽的小花，还有各种树木。

"生命可真顽强啊！"诺亚看看眼前的绿意，又回头看看身后的动物们。他知道，这个世界既是人类的家园，也是所有生灵的家园。也许之后还将遭受各种磨难和挑战，但是生命是顽强的，人类一定能和所有的生灵一起劈波斩浪、历经苦难而生生不息。

知识小课堂

大洪水神话

诺亚方舟故事中记载的大洪水,还普遍出现在世界各国的神话之中。中国神话中女娲补天和大禹治水的神话就与洪水有关,苏美尔人的神话中众神之王恩尼尔决定用洪水消灭人类、但水神恩基事先安排人类乘坐乌塔那匹兹姆的大船避难,都与诺亚方舟的故事情节非常类似。这些洪水神话记录了人类对于自然灾害的深刻记忆和敬畏之情,也提醒后人要珍视生命、与自然和谐共处,并强调在面对自然灾害时人类智慧和毅力的重要性。

埃乃神话

女神贝斯特的故事

两个埃及人争吵了起来。

"我昨天晚上看到贝斯特女神了,她的样子像一只可爱的小猫咪呢!"

"胡说。我见过这位女神,她明明是一头威武的狮子。你是什么眼神啊?居然会将狮子看成猫。"

"你眼神才不好呢!我会连猫和狮子都分不清吗?"

这样的争吵,在古代埃及的神话世界里可以说随处可见。那么,他们提到的这位名叫贝斯特的女神,到底是一只狮子还是一只猫呢?

正确答案是,她既是一头狮子,也是一只猫。

贝斯特是太阳神拉的女儿。拉是埃及人最崇敬的神灵,传说世界上所有的生命,包括人类,都是由他创造的。所以，埃及人喜欢说自己是"拉神之牛"，意思是说，人类是由拉创造的，而且像耕牛一样强壮而勤恳。每个白天，拉都会驾驶一艘船，拉着太阳在天空中飞行，给世界带来光明和温暖。这时，贝斯特就会安安静静，甚至有些懒洋洋地陪在父亲身边。不过一到晚上，贝斯特的精神就来了，变得万分机警。因为埃及神话中有一条巨大的毒蛇，名叫阿珍提。阿珍提有一万八千多米长，它代表着黑暗、混沌和毁灭，是拉最大的仇敌。每当黑夜降临、拉入睡之后，阿珍提就会跃跃欲试地想来杀死拉——这样，人类就会永远失去光明和温暖。

这天夜里，阿珍提吐着粗大的蛇信，发出嘶嘶的声响，又一次靠近了呼呼大睡的拉。就在它张开大嘴，准备一口将拉吞进肚子里的时候，贝斯特从暗处闪出，照着阿珍提的脑袋就是一阵痛击。阿珍提想要反击，但都被贝斯特灵活地躲开。就这样，缠斗半天，阿珍提一点便宜没占着，只能拖着伤痕累累的身体悻悻离开。

贝斯特每天晚上都寸步不离自己的父亲，不给毒蛇任何接近他的机会，直到第二天父亲醒来。所以，拉最喜爱的女儿就是贝斯特了。

不过，贝斯特可不仅仅是父亲的保镖。传说在远古时代，世界上有许多邪恶的妖魔和怪兽，他们到处为非作歹、欺压人类。太阳神拉不忍心人们遭受苦难与欺压，决定派贝斯特去帮助人类。于是，贝斯特就化身成一头威武的狮子。她身手矫健，力大无穷，锋利的牙齿和尖锐的爪子拥有撕碎一切的力量，很快就把这些邪恶的妖魔和怪兽打得抱头鼠窜，不敢在人间露面了。

贝斯特刚准备回到父亲身边，突然听到一个带着嘲讽的声音。

"你以为你赶走所有邪恶的力量了吗？我还在人间呢！"

"还有我，而且你永远消灭不了我，哈哈哈。"

"还有我！"

"我也在呢！"

"你们是谁？真是胆大包天，居然敢挑衅我！"贝斯特大怒。

"我叫恐惧。"

"我叫嫉妒。"

"我叫愤怒。"

"我叫贪婪。"

……

随着这一连串的声音响起,贝斯特明白了,原来这些邪恶的力量就藏在人们内心的深处。这可怎么办?贝斯特可没法钻到人们心里,去消灭这些可怕的妖魔啊。

但是这些邪恶的妖魔低估了贝斯特的能耐。虽然武力派不上用场,但她可以依靠自己的智慧啊!

贝斯特摇身一变,化身为一只温柔可爱的小猫,她决定用温柔和关爱去净化人们的心灵。

一个小女孩独自在家,黑暗中,她蜷缩在被子里,吓得根本睡不着。贝斯特钻进她的被子,又温柔地钻进她的怀里。

"谢谢你,小猫,有你做伴,我一点也不害怕了。"小女孩心中的恐惧消失了。她抱着贝斯特,直到睡着,嘴角都挂着微笑。

还记得故事一开始讲到的那两个正在争吵的埃及人吗?就在他们为了贝斯特是一只狮子还是一只猫争得不可开交时,化身成小猫的贝斯特来到了他们身旁。她穿梭在两人之间,用柔软的身体蹭着他们的腿,发出喵喵的叫声;抬起头,用水汪汪的眼睛看着他们。

"好可爱的小猫啊!"他们情不自禁地俯下身,抚摸着小猫的脑袋。

"这只小猫很像我那天看到的贝斯特女神呢!"

"不管它是不是女神,它都是一只可爱的小猫。真奇怪,我一看到这只小猫,就一点也不想吵架了。"

"是啊。你说我们吵来吵去有什么意思?吵赢了好像也没得到什么,吵输了好像也不会失去什么。"

他们心中的愤怒消失了。

贝斯特从此就一直奔走在人间,在她的帮助下,人们变得更加和睦、更加团结。他们学会了勇敢,不再恐惧;他们学会了祝福,不再嫉妒;他们学会了宽容,不再愤怒;他们学会了分享,不再贪婪……

就这样,人类心灵中那些邪恶的力量,也被贝斯特赶跑了。贝斯特知道不可能永远留在人间,她很担心自己一旦回到天界,人类心灵中那些邪恶的力量会重新冒出头来。于是,她教会人们唱歌,教会人们跳舞,让他们从音乐和舞蹈中感受到爱和欢乐,以便抵抗心里邪恶的力量。

从此以后，猫就成了埃及最受欢迎的动物。人们特别喜欢猫，他们会和家里的猫一起分享食物，还把猫看作镇压邪恶力量的神兽。谁让他们敬爱的贝斯特喜欢化身成小猫呢。

贝斯特回到父亲身边。她听到了一个好消息，拉和其他神灵一起，已经彻底打败了毒蛇阿珍提，她再也不用天天熬夜给父亲当保镖啦！

可是，忙惯了的贝斯特可闲不住。每当黑夜来临时，她就会来到月亮上，将自己温柔而明亮的目光变成月光，注视着大地。

一个村庄里传播着可怕的疾病，很多人卧床不起、奄奄一息。这时，他们想到了曾经帮助过自己的贝斯特女神。

"女神啊，请你帮我们摆脱疾病的折磨吧！"人们纷纷发出了祈求。

贝斯特将月光洒向了村庄。温柔的月光如同轻柔的触手，轻抚着那些被疾病折磨的病人。一股暖流在病人的体内升起，并逐渐扩散到他们全身。随着暖流在身体里的流淌，病痛也一点点地消失了。

从此，古代埃及人就爱上了月亮。他们常常在夜间凝望着月亮，享受着温柔的月光，他们相信，贝斯特会一直守护着人们，用她的温柔和善良，让世界变得越来越美好。

知识小课堂

猫在埃及文化中的重要地位

在埃及神话中，猫被视为女神贝斯特的化身，所以猫在古代埃及具有神圣的地位，成为古埃及人心中的守护神。古埃及人相信猫具有驱逐恶魔的能力，因此在家中养猫可以保护人们免受邪恶力量的侵害。这些猫被视为家庭的一部分，享有与人类平等的待遇，古埃及人甚至会为去世的猫举办葬礼并将其埋葬在专门的猫墓中。古埃及法律规定，伤害或杀害猫将会和伤害他人一样，受到严厉的惩罚。

北欧神话

喜欢恶作剧的洛基

在广袤的北欧冰原上,一座高大的城池耸立在银白色的冰雪世界中,寂静而又威严,它就是北欧神话中众神的居所阿斯加德王国。王国被坚固的城墙环绕,一座又一座金碧辉煌的宫殿矗立其中,散发着神圣的光芒。王国的主宰就是神界的领袖奥丁,我们这个故事的主人公洛基就是奥丁的弟弟。

严格地说,他们俩是结拜兄弟。

洛基是女巨人劳菲的儿子。"亲爱的孩子,你个子怎么总是长不高啊?"这是洛基小时候妈妈对他说得最多的话。洛基的身材非常瘦小,和普通人个头差不多,在巨人里,绝对算是个侏儒了。好在巨人虽然不是神灵,但也掌握着高超的法术。为了不让自己的孩子被其他的巨人儿童欺负,妈妈在洛基很小的时候就开始教他学习各种魔法，而洛基也展现出惊人的法术天赋。

有一次，顽皮的洛基偷偷溜出了家门，来到冰原上玩耍，结果遇到一头凶猛的巨狼。巨狼可是巨人们的死对头，它们的个头比老虎还要大，牙齿比狮子还要锋利，就算是成年的巨人和神灵也很难徒手制服一匹巨狼。巨狼一见瘦小的洛基，兴奋得浑身的毛都竖立起来。它张开腥臭的血盆大口，眼里闪着贪婪的光，准备扑向洛基。可是洛基一点也不害怕，他盯着巨狼的眼睛，只是用手指朝着巨狼一点，巨狼瞬间就变成了一只温顺的小狗。小狗一边汪汪地叫着，一边摇头摆尾地来到洛基身边，用自己的小脑袋一个劲地蹭着洛基的裤腿，刚才那股凶狠劲儿完全没了踪影。

洛基高超的法术让神界的领袖奥丁敬佩不已，两人成了非常要好的朋友。他们经常并肩战斗，有时也会切磋法力。直到有一天，奥丁说出了一句让洛基意想不到的话。

"我想和你成为兄弟！"

"我没听错吧？"洛基心想，"神灵从来都是看不起巨人的，奥丁居然想和我成为兄弟？"

看着洛基一脸的疑惑，奥丁哈哈大笑，说道："只要通过血盟仪式，我们就能结为兄弟。"

血盟仪式是一种古老的北欧仪式，如果两个没有血缘关系的人想像刘关张桃园结义那样成为生死兄弟，只需要割破自己的手掌，将两人的伤口贴在一起——混合在一起的血液就能让他们之间建立不可分割的情感纽带。

面对神灵领袖抛出的橄榄枝，洛基实在没有拒绝的理由。从此之后，洛基就来到阿斯加德，和其他神灵生活在一起。

希芙的金发

洛基成为奥丁的结拜兄弟后，其他神灵自然不敢怠慢他。虽然大家表面上对洛基客客气气的，但是骨子里，还是有些瞧不起巨人。聪明的洛基察觉到了这一点，这让他非常生气。

"这帮神灵，既然你们瞧不起巨人，那就让你们见识一下巨人的厉害。"洛基心想。

洛基想到的第一个捉弄对象就是雷神索尔。索尔是奥丁的儿子，由于法力高强，加上出身高贵，他遇到任何人都会趾高气扬地抬着头颅，恨不得拿鼻孔瞧人。偏偏他的妻子土地女神希芙也不是一盏省油的灯。希芙有一头美丽柔顺的金发，像瀑布一样一直垂到脚后跟。她对自己的金发特别满意，逢人就炫耀自己的头发，问他们："我的头发美吗？"

若是有人回答得让希芙不满意，她轻则会找到雷神让他召唤雷电攻击，重则甚至会施展神力让庄稼歉收，让所有人都饿肚子。

洛基可不怕这两口子。有一天，趁着索尔不在家，洛基带着美酒来到希芙家里，对着她的头发一顿吹捧，夸得希芙心花怒放。

在洛基的花言巧语下，希芙开怀畅饮，很快就烂醉如泥了。这时，洛基拿出事先准备好的剃刀，三下五除二，将希芙的一头金发剃了个精光，随后溜之大吉。

索尔还没进家门，就听见妻子在号啕大哭。他赶紧冲进家里，一眼就看见妻子那光溜溜的脑袋。

"发生什么事啦？"索尔大吃一惊。

"是那个混账洛基干的，他把我的头发全剃光啦！"希芙一边号啕大哭，一边习惯性地伸手抚摸自己的头顶。可她的手刚一碰到光溜溜的脑门，就像触电一样弹了回来。

"这个混蛋！就算他是奥丁的结拜兄弟，我也饶不了他！"索尔这辈子可从来没有受过这种气。

索尔夺门而出，迎面却撞见了笑嘻嘻的洛基。

"好你个洛基，竟然还敢上我家来！看我怎么收拾你！"索尔说着便举起手中的雷电之锤，口中念念有词。霎时间，天空乌云密布、雷声滚动，一道道刺眼的闪电划过天际，眼看就要落在洛基头上。

"慢着慢着，别急着动手！你看这是什么？"洛基一脸坏笑地从背后拿出两样东西。

索尔一看，洛基左手捧着一束美丽的金发，右手拿着一杆明晃晃的长矛。

"永恒之枪！这是工匠之神杜华林打造的永恒之枪！"索尔简直不敢相信自己的眼睛。

原来，洛基早就预料到索尔会来找自己的麻烦，于是在剪掉希芙的长发后立刻就找到了自己的好朋友、工匠之神杜华林，请他用黄金打造了一顶假发。这顶假发不仅比希芙的头发更加美丽更加耀眼，还能够像真正的头发那样生长。此外，他还找杜华林要来了一件索尔垂涎已久的武器——无坚不摧的永恒之枪。有了这两样宝物，洛基不信还平息不了索尔和希芙他们的怒火。

果然,希芙将假发戴在头上,爱不释手;索尔拿着永恒之枪擦了又擦,恨不得亲上两口。他们俩自然也就不好意思再找洛基算账了。不过,从此之后,谁都知道在希芙那一头美丽的金发之下,有一颗光秃秃的脑袋。希芙也不敢再向人炫耀自己的长发了。

永葆青春的金苹果

有一次,洛基的恶作剧差点闯下了大祸。

神灵们之所以能够永远保持青春的容颜,靠的就是青春女神伊敦恩。伊敦恩在自己的花园里种了一棵苹果树,树上结满了金色的苹果;谁要是吃上一口金苹果,就能让自己的生命停留在美好的青春。当然,吃进去的金苹果如果被消化掉了,魔力也就消失了。所以,伊敦恩每天都会拿上一筐苹果来到阿斯加德给众神分享。

最重要的是,只有伊敦恩亲手摘下的金苹果,才有这种神奇的魔力。

但伊敦恩有一个弱点,她是一位疯狂的烤肉爱好者。

这天，洛基想跟众神开个玩笑。他在伊敦恩的花园附近摆下了满满的一桌烤肉。伊敦恩一出花园，就闻到了烤肉的香味。肉香就像一根牵着木偶的绳子一样，将伊敦恩带到了餐桌前。看着眼前香气四溢、各式各样的烤肉，伊敦恩立刻将给众神送金苹果的事情忘了个一干二净，二话不说就开始大快朵颐。

阿斯加德的众神们望眼欲穿地等着伊敦恩，等了大半天，却连伊敦恩的影子都没见着。

"完了完了，我的白头发都长出来了！"

"我的天，我的脸上有皱纹了！"

"别看我！瞅瞅你自己，一脸的老年斑！"

众神慌作一团，只有洛基躲在一边捂着嘴偷笑。

洛基这时并不知道，自己闯下大祸了。风暴巨人夏基趁着伊敦恩沉迷美食没有提防，将伊敦恩抓到了自己的洞穴。他的计划是趁着众神年老体衰的机会，攻陷阿斯加德。

由于奥丁和洛基的结盟，神灵和巨人才能和平相处了很多年。眼看和平会因为自己而被打破，洛基也觉得自己这次玩笑开得太过火了。他绞尽脑汁，终于想了个办法。

洛基来到夏基的洞穴，一把鼻涕一把泪地控诉众神："你是不知道我这些年过的什么日子啊！为了潜伏在神界，为了能让我们巨人一族征服神灵，我受了多少委屈啊！"

夏基是个四肢发达、头脑简单的家伙，他觉得洛基真的受了很大的委屈，连连赞美他是巨人中的英雄。

"你知道，我和奥丁有过血盟，所以我也沾染上了神灵的血。如果不吃金苹果，我也会变老的。"洛基一脸委屈，"你偷偷让我进去。我只要吃上一个金苹果就能恢复青春了，到时打起仗来我也更有力气。"

"别担心，伊敦恩就关在前面那个牢房里，那筐金苹果就在她身边放着。"

洛基大摇大摆地走进牢房，几口就吞下了一个金苹果。然后他偷偷地将伊敦恩变成了果核，把果核变成了伊敦恩的样子。他打着饱嗝向夏基告了别，离开了洞穴。

一路上，伊敦恩都在催促洛基："飞快点！我们得赶紧再摘一筐金苹果送到阿斯加德；去晚了，大家的牙齿就掉光了，拿着金苹果也没法吃了。"

好在两人及时赶到，这才化解了危机。

阿斯加德的每个神灵都受到过洛基的捉弄，但每次恶作剧之后，洛基都会弥补自己的过失。大家觉得洛基虽然可恶，但也给冰天雪地中的阿斯加德带来了很多的刺激和快乐，所以对洛基是又爱又恨。

没准现在，洛基又在谋划什么恶作剧了呢！

知识小课堂

亦正亦邪的神

除了洛基之外，还有很多亦正亦邪的神灵存在于世界各国的神话体系之中。例如非洲神话中的蜘蛛之神阿南西经常通过诡计和欺骗来达到自己的目的，但也给人们带来很多智慧和启示；希腊神话中的赫尔墨斯作为商业之神代表着经济和商业的繁荣，但他也是偷窃之神，代表着狡猾和欺骗。中国民间神话中的五通神有时作为福神可以给人类带来福祉和保护，有时又被视为邪神给人类带来灾祸和不幸。这些亦正亦邪的神灵反映了古代人类朴素的辩证思想和对善恶并存的人性的深刻认知。

希腊神话

欧洲的由来

在遥远的过去，欧亚大陆的交界处，也就是地中海的东岸，有一个叫作腓尼基的文明古国。腓尼基有一位美丽的公主，她的名字叫作欧罗巴。我们经常用"貌若天仙"来形容一个女孩的美丽，这个词用在欧罗巴的身上是再合适不过了。因为她的容颜不仅令人间的女孩羡慕不已，就连天上的女神，在目睹她的美貌后都自愧不如，连连感叹："人间怎么会有这么美丽的女孩呀！别看爱神阿佛洛狄忒是神界最美的女子，她的容颜跟欧罗巴一比，简直不及欧罗巴的万分之一呢！"

国王非常爱欧罗巴，不仅因为她美丽可爱，更因为她是自己的独生女。王宫的每一个角落，都弥漫着他对独生女深深的宠爱。他下令在王宫中四处摆上玩具，还饲养了各种珍稀鸟类与温顺的小鹿，只为能让女儿在家里自由地嬉戏，享受童年的乐趣。每当夜幕降临，国王还会坐在女儿的床边，用最温柔的语调讲述古老的传说，直到她带着笑容满意地入睡。此外，国王还遍寻天下能工巧匠，为欧罗巴打造了一套镶嵌着宝石的华丽衣裙，象征着她是王国中最耀眼的明珠。就这样，欧罗巴在家人的宠爱与保护下，无忧无虑地长大了。她从来没有接触过邪恶，也没有见识过欺骗，就像一朵温室里美丽的花朵。

欧罗巴长大之后，父亲允许她偶尔离开王宫，和自己的伙伴们一起玩耍。一个阳光明媚的午后，欧罗巴邀上几个好伙伴，一起去海边玩耍。腓尼基的海边有一座美丽的花园。这个花园是当时世界上最美丽的花园，那里开满了各种美丽的鲜花，有水仙、风信子、紫罗兰、藏红花，还有深红色的野玫瑰。欧罗巴和她的小伙伴们在花丛中尽情地嬉笑追逐，还采集了很多花朵，编织了许多漂亮的花环。

众神之王宙斯正在天空中逡巡，地上嬉戏打闹的声音引起了他的注意。宙斯向人间一瞥，便被欧罗巴的美貌深深地打动了。他爱上了欧罗巴，迫不及待地想向欧罗巴倾诉自己的爱慕之情。可是，宙斯虽然是神界的领袖，却有个令他自己非常头疼的缺点，那就是他长得非常丑陋！

宙斯心想，如果自己顶着这张大丑脸去向欧罗巴表达爱意，万一把欧罗巴给吓到了，那可怎么办？想来想去，他想出了一个点子。

"如果我变成一只漂亮的动物，不就可以讨到欧罗巴的欢心了吗？"于是，宙斯左思右想之后，摇身一变，变成了一头公牛。

这是一头多么漂亮的公牛啊！它强壮威武的身体上披着一层金黄色的绒毛，在阳光的照射下熠熠闪光。牛头上还长着一对晶莹剔透的大角，仿佛用水晶石精心打磨而成的工艺品。牛角下面，蓝色的双眼炯炯有神，目光忧郁而深沉。

纯真无邪的欧罗巴正与她的伙伴们嬉戏。天空突然间似乎泛起了一丝不易察觉的涟漪，紧接着，一道耀眼的光芒划破天际，一头前所未见的公牛，悄无声息地自云端缓缓降临。所有的人都不由自主地停下了游戏，被这从天而降的公牛吸引了。

"看哪！这头牛多漂亮啊！"一个女孩惊叹道。其他女孩也纷纷围拢过来，她们轻轻地伸出手，指尖触碰到那温暖而光滑的皮毛时，都不由自主地发出了一声声惊叹。公牛似乎感受到了她们的善意与喜爱，一会用嘴巴拱拱她们的手背，一会用蹄子蹭蹭她们的双脚，仿佛在用自己的方式表达着亲昵与友好。

女孩们看到公牛这么温顺与亲近，便放下了所有的戒备与顾虑，一门心思地和公牛玩耍了起来。她们围绕着公牛转圈，一边唱歌一边跳舞，一点都没有意识到自己正身处险境。

看到欧罗巴已经玩得汗流浃背，宙斯觉得时机到了。它温顺地趴在欧罗巴的脚下，用牛鼻子不停地拱着欧罗巴的裙摆，示意她骑到自己的背上来。

欧罗巴从小到大都没有骑过牛呢！她非常高兴，招呼着自己的伙伴："你们快过来，我们可以一起坐在牛背上。这头牛这么温顺，一点都不像其他的蛮牛。骑到牛背上一定非常好玩！"说完，她就大胆地爬到了公牛的背上。

可是，欧罗巴刚一爬到牛背上，那头原本温顺的公牛就猛地挺直了身躯，四蹄离地，朝着大海以惊人的速度疾驰而去。欧罗巴被这突如其来的变故吓得花容失色，心想："天啊，这头牛居然是一头疯牛！"

她拼尽全力，双手紧紧攥住公牛的皮毛，双脚乱蹬，大声哭喊着，希望公牛能够停止奔跑，放自己下来。然而，公牛对欧罗巴的挣扎与哭喊置若罔闻，继续以惊人的速度在海面上狂奔着。

欧罗巴回头望去，熟悉的家乡正离自己越来越远，岸边伙伴们呼救的声音也越来越微弱。最后，海岸线在夕阳的余晖中渐渐模糊，彻底消失在了她的视线之中。她的心中充满了悲伤与绝望，她用尽最后的力气，想要抓住些什么，却只能感受到冰冷的海风和公牛身上粗糙的皮毛。

随着时间的推移，太阳也缓缓沉入了海平线之下，天空被染上了一抹淡淡的紫色，随后又渐渐暗了下来。夜色如潮水般涌来，将大地笼罩在一片朦胧之中。海浪拍打着岸边，发出阵阵低沉而有力的喘息声。整个世界笼罩在一片黑暗当中，除了天空中那些一闪一闪的星星，像是一双双冷漠的眼睛，静静地注视着欧罗巴的遭遇。

欧罗巴感到前所未有的孤独与恐惧。因为长时间的挣扎和呼喊，她已经疲惫不堪，连哭泣的力气也没有了。她只能无助地趴在牛背上，任由海风吹拂着她的长发，听凭泪水在她的脸颊上滑落。第二天黎明，公牛终于踏上了一片陆地。它将欧罗巴放了下来，并且现出了自己的原形。宙斯柔声安慰欧罗巴："美丽的姑娘，不要害怕。我就是天地的主宰、神界的领袖宙斯。如果你答应嫁给我，从今天开始，你脚下的这片土地，就会以你的名字来命名。由于你的到来，这片土地将被赋予新的生机与活力，而我们的子孙后代也将得到众神的庇佑，在这片土地上过着幸福快乐的生活。"

在这片荒无人烟的土地上，绝望的欧罗巴已经没有了别的选择。她向宙斯伸出了一只手，表示答应他的要求。从此，她脚下的这片土地就有了名字，被称为"欧罗巴洲"，简称"欧洲"。欧罗巴和宙斯的后代就成了在这片土地上生活的欧洲人。

知识小课堂

腓尼基

腓尼基是一个地处地中海东岸的东亚古国。在欧洲文明发源起初，是腓尼基人将古代亚洲和非洲先进的文明成果带到了希腊，传播到了欧洲，从而极大地推动了欧洲文明的发展。神话故事中宙斯将腓尼基公主带到欧洲，并以欧罗巴的名字为欧洲命名，便是以故事的方式记录了腓尼基在欧洲文明发展过程中的巨大贡献。

爱上雕塑的皮格马利翁

在遥远的过去，地中海上镶嵌着一颗璀璨的明珠——塞浦路斯。这是一个古老而神秘的王国。在这个风景宜人、物产丰饶的国度里，生活着一位伟大的雕塑家，他就是塞浦路斯年轻英俊的国王皮格马利翁。

皮格马利翁是一个雕塑天才，他塑造的雕像，不是冰冷的石块堆砌，而是被赋予了灵魂与情感的杰作。当他以细腻的线条雕刻出一条小鱼时，那鱼身仿佛在水中轻轻摇曳，鳞片闪烁着微光，每一片鱼鳞都清晰可见。总有一群小猫瞪着大眼睛，围绕着这条小鱼"喵喵"地叫个不停。而当皮格马利翁的巧手雕琢出几粒精致的米粒时，这些米粒不仅形态逼真，还似乎散发着淡淡的谷物香气。附近农户家的小鸡们总是"咕咕咕"地叫着,争先恐后地啄食着这些看似触手可及却又永远无法真正品尝的美味,那场景真的滑稽极了。

皮格马利翁精湛的技艺为他赢得了无数的赞誉。而且,身为国王的他一直都过着锦衣玉食、众星捧月的生活。可是,皮格马利翁并不幸福,因为他很孤独。

皮格马利翁一直孤身一人。他也渴望拥有一段美好的爱情,可是,作为一名艺术家,他的眼光太高了。世间的女孩,要么太矮,要么太高,或是偏胖,或是偏瘦,他都觉得不够美丽。

孤独的皮格马利翁只有靠不停地雕刻打发空虚的时光。有一天,他脑子里突然浮现出一个念头:"既然这个世界上没有一个女孩是完美的,为什么我不能用自己的双手去塑造一个完美的女孩呢?"

说干就干,皮格马利翁的心中燃起了一股前所未有的创作热情,他全身心地投入到一尊前所未有的女孩雕像的塑造之中。他冥思苦想,试图回忆起自己见过的最美的眼睛、最美的鼻子、最美的嘴巴……再用自己的双手在洁白温润、宛如月光般柔和的玉石上缓缓地雕刻。随着刻刀的雕琢,玉石表面渐渐浮现出生命的轮廓。一个女孩静静地站在基石上，仿佛随时都会从石中走出，步入凡尘。她的眼睛顾盼有神，仿佛是一扇通往自己心灵的窗子；她的鼻子挺拔而精致，恰到好处地衬托出她的端庄与高雅；她的嘴角微微上扬，一抹含蓄的微笑，让人感受到无尽的温暖与安慰。

当这尊雕像最终完成时，它的美震撼了在场的每一个人。无论是王宫中的贵族，还是市井中的百姓，凡是有幸目睹其风采的人，无不为之倾倒。他们纷纷赞叹道："这是一尊多么精美的雕像啊！世界上没有哪个女孩能与她媲美。"

然而，如同潮水一般涌来的赞美却并未能让皮格马利翁感到满足。他拿起刻刀，继续对雕像的每一处细节进行细致的打磨。无论是那轻柔垂落的发丝，还是裙摆上随风轻摆的细微褶皱，甚至是那几乎难以察觉的肌肤纹理，他都力求做到精益求精。

终于，雕像完成了。没有人会想到这是一尊由玉石雕刻而成的雕像，大家都觉得这是一个完美的女孩，只是静静地站在那里一动不动而已。

皮格马利翁创造了一件伟大的艺术品，却因此陷入了更痛苦的哀伤。他爱上了这尊雕像，没有谁会比皮格马利翁更不幸了。每天，皮格马利翁都会亲热地问候雕像，可她却没有丝毫的回应。他把雕像拥在怀中，她却始终冷若冰霜。他给雕像穿上最美的裙子、戴上最美的花环，想让她开心一点，可雕像的嘴角却没有流露出一丝的笑意。尽管没有任何回应，他还是每天陪伴在雕像的身边。他还会倚在雕像身边，用竖琴弹奏出悠扬的旋律，希望这些悦耳的音符能够穿透冰冷的石材，触动雕像内心最柔软的部分。

"我们的国王居然爱上了一尊雕像！"所有的塞浦路斯人，包括皮格马利翁的亲人和朋友，都被皮格马利翁的举动惊呆了。但是，没有一个人嘲笑他疯狂，更没有人指责他愚蠢。所有人都被他的痴情打动了。

被皮格马利翁的痴情所感动的不只是他身边的人，还有爱神阿佛洛狄忒。阿佛洛狄忒听说了皮格马利翁爱上雕像的事情。作为爱神，阿佛洛狄忒见证了太多的爱恨情仇与悲欢离合，早已是铁石心肠。但她还是被皮格马利翁的痴情打动了，决定要帮助这位年轻人。

一天清晨，寒风凛冽，雪花无声地为世界披上了一层白纱。皮格马利翁从温暖的被窝中醒来,匆匆披上厚重的斗篷,穿过静谧的庭院,来到了那间专为雕像准备的小屋。

他细心地生起了一堆炉火,火焰跳跃着,释放出橘黄色的光芒,将四周的寒意驱散得无影无踪。火光映照在他专注而温柔的脸庞上,也照亮了雕像所在的那个角落。雕像静静地矗立在象牙底座之上,玉石雕琢的身躯在火光的映照下更显温润如玉。

正当皮格马利翁沉浸在这份静谧与美好之中时,他的视线突然变得模糊起来。他揉了揉眼睛,再定睛一看,只见爱神阿佛洛狄忒的身影在火光之中若隐若现:她身着轻盈的纱裙,手持金色的爱之箭,嘴角挂着一抹顽皮而神秘的微笑,正对着他轻轻颔首。皮格马利翁的心脏猛地一跳,几乎不敢相信自己的眼睛。他使劲眨了眨眼,却只见炉火依旧、雕像依旧,而阿佛洛狄忒的身影已经消失得无影无踪了。

他再次将目光投向雕像。雕像的眼眸此刻似乎闪烁着微光!他用颤抖的手轻轻碰了一下雕像的脸庞,冰冷的玉石表面竟然隐隐透出了一丝温暖,雕像的皮肤似乎也正在逐渐变得柔软起来。

皮格马利翁又惊又喜，心跳加速，几乎不敢呼吸。他鼓起勇气，握住了雕像的手，那双曾经冰冷无比的手此刻却如同真人的肌肤一样温暖，他还隐约感受到了细微的脉搏跳动。

皮格马利翁紧紧地闭上眼睛，泪水不由自主地滑落脸颊。他害怕这一切只是幻想，害怕自己再次睁开眼时，一切都将恢复原状。但他又无比渴望奇迹真的会发生。他在心中默默祈祷："如果这是梦，请让我永远沉睡其中；但如果有可能，我更愿意相信这是现实。"

最终，他鼓足勇气，缓缓睁开了眼睛。心爱的姑娘真的就站在他的面前，她含笑望着他，眼中闪烁着温柔与感激的光芒。她的肌肤如同初绽的花瓣般柔嫩，她的笑容如同春日的暖阳般明媚。这一刻，皮格马利翁知道，他的爱，真的创造了奇迹。

每当有人问起他是如何让一尊雕塑变成真正的人时，皮格马利翁总是一边微笑着，一边意味深长地说道："只要你相信美好的事情会发生，那么美好的事情就一定会发生。"

知识小课堂

皮格马利翁效应

哈佛大学教授罗森林塔尔曾经做过一个试验，他随机抽取了部分学生并将这些学生的名单提供给老师，告诉老师这些学生是学校中最有发展潜能的学生，但不告诉学生本人。8个月后，名单上的学生在学习成绩和智力表现上均有了明显进步，这是因为老师对学生形成的期望让学生坚信自己拥有巨大的潜能。心理学上将这一现象称为"期望效应"或"皮格马利翁效应"。

西绪福斯的智慧

西绪福斯被宣判的那一天,奥林匹亚山上的众神心里都乐开了花,见了面就忍不住击掌相庆。

"我从来没有见过哪个凡人让宙斯这么生气。不过宙斯还不是最生气的。冥王哈迪斯在控诉西绪福斯的时候,越说越气,差点都跳到审判台上去了。"智慧女神雅典娜开心地说。

"惹恼了他们哥俩可不是什么好玩的事情。这次对西绪福斯的判罚,也真是够重的。"光明之神阿波罗感叹道。

"活该,这家伙每次都把我们众神像猴一样耍。现在轮到我们看他的笑话了。哈哈哈……"冥王哈迪斯忍不住笑出声来。

西绪福斯何许人也?为什么对他的审判会引起

神界的轰动？故事还要从头说起。

西绪福斯是一个凡人，但有着超凡的气魄和智慧。起初，他也只是一介平民，但是由于胆子大、点子多，所以赢得了很多人的信任与崇拜，大家都愿意鞍前马后地为他效力。眼看着自己的手下人数日众，西绪福斯忍不住开始盘算："我能不能带着大家去建立一个城邦，也过一把当国王的瘾呢？"

要建立城邦，首先需要自己的国土。西绪福斯相中了伯罗奔尼撒半岛东北角、靠近科林斯湾的一片土地。虽然这是一片荒无人烟的土地，但是地理位置极佳。古代希腊几乎所有的城邦都位于伯罗奔尼撒半岛，而西绪福斯相中的这片土地恰好是伯罗奔尼撒半岛通往欧洲大陆的必经之地。而且，科林斯湾还是伯罗奔尼撒半岛通往爱琴海的咽喉要道。西绪福斯敏锐地意识到，占据了这片土地，就等于控制住了希腊通往外面世界的大门。事实也的确如此，当这个叫作科林斯的城邦被兴建起来之后，很快就成为希腊最重要的商业重镇，其他城邦出口到欧亚等国的陶器、橄榄油和葡萄酒都要过境科林斯。科林斯也靠着收取税金和过路费，大发横财，成为希腊最富庶的城邦。

不过，科林斯刚刚建立的那段日子，西绪福斯和他的子民还是过得挺艰苦的。科林斯虽然土地肥沃、风调雨顺，但境内连一条小溪、一汪水池都没有，极度缺乏淡水资源。大家洗漱吃喝，全都指望着少得可怜的雨水。西绪福斯也知道，这种看天吃水的日子绝对不能长久地持续下来。所以，他一直在寻找机会解决科林斯的淡水问题。

很快，机会来了。希腊神界的领袖宙斯在科林斯境内掳走了河神伊索普斯的女儿伊琴娜。心急如焚的河神四处寻找女儿，但所有的知情者都因惧怕宙斯，不敢告诉伊索普斯伊琴娜的下落，只有西绪福斯是个例外。

当河神几乎陷入绝望和疯狂的时候，西绪福斯告诉他："我知道你女儿的下落，但我不会无偿地告诉你，你必须答应我一个要求。"

"说吧，不管你要什么，我都答应你！"只要能找到女儿，伊索普斯连命都能豁出去。

西绪福斯对河神说，科林斯这个地方一条河流都没有，如果河神赐给科林斯一条永不冰封、永不干涸的河川，他就将伊琴娜的下落告诉河神。

这对河神来说还不是轻而易举的事情？两人一

拍即合。于是，科林斯拥有了一条常年清澈见底、四季川流不息的大河，一下子成为全希腊最适合居住的地方。

不过宙斯可倒霉了。气急败坏的河神冲上奥林匹亚山，当着众神的面怒斥宙斯的无耻："宙斯，你这个强盗，快把我的女儿还给我！要不然，全天下只要有河流经过的地方都会知道你做了什么坏事！"自知理亏的宙斯也只好灰溜溜地将伊琴娜还给了她的父亲。

这下宙斯和西绪福斯可结下梁子了。为了出这口恶气，宙斯偷偷授意冥王哈迪斯，把西绪福斯抓进地府，严刑拷打。

冥王得令后不敢怠慢，马上派出死神塔纳托斯去抓捕西绪福斯。塔纳托斯有一条勾魂的锁链，如果一个人被这条锁链锁住，灵魂就会被死神摄走。塔纳托斯勾魂无数，从来没有失过手。但这次，他栽在了西绪福斯手里。

西绪福斯看到塔纳托斯，不但没有显示出一丝恐惧，反而看起来兴高采烈："俊美的塔纳托斯，听说你是地府里最英俊的男神。我还听说，你有一条神奇的锁链，除了神通广大的你，凡是被这条锁链锁住的神或人,都会被勾去魂魄。你将我带到地府之前,能让我把玩一下这条神奇的锁链吗?我一定会嘱托家人,为你奉上丰厚的祭品。"

被哄开心的塔纳托斯心想:"把锁链给他玩玩,浪费不了多少时间,还能额外收获一份祭品。"于是,他将勾魂锁链交给了西绪福斯。

拿到锁链的西绪福斯立马翻脸,一个箭步蹿上去,用锁链将死神塔纳托斯牢牢锁住,然后一脚将他踹进了自家的地窖。就这样,专门抓人的死神被一个凡人给抓住了。

气急败坏的宙斯只好亲自出马,派遣战神阿瑞斯率领大军去擒拿西绪福斯。西绪福斯面对阿瑞斯和天兵天将布下的天罗地网,只能举手投降,乖乖地被阿瑞斯扔进了地府。

不过,你要是以为西绪福斯这次会束手就擒,那就大错特错了。在阿瑞斯到来之前,他就预料到,宙斯不把自己扔进地府是决不会善罢甘休的。所以,他早早就嘱咐妻子,在自己去世后,千万不要将他的尸体下葬。

这下冥王哈迪斯可犯了难。按照古代希腊的习俗,只有当一个人的肉体入土为安之后,冥府才能给他的亡灵登记造册，将他收入地府。趁着哈迪斯还在琢磨对策时，西绪福斯开始一把鼻涕一把泪地哭诉。

"尊敬的冥王啊。我这辈子可真是倒霉啊，娶了这么个没良心的媳妇，临了连葬礼都不愿意给我安排。您能不能可怜可怜我，再给我三天的寿命？我安排好自己的后事就来冥界向您报到。"西绪福斯抹了抹眼泪，接着说，"只要三天就够了。而且，如果我能顺利下葬，也不会给您添麻烦了。"

冥王有点犹豫，他觉得西绪福斯说得在理，可又怕中了他的诡计。这时，冥后珀耳塞福涅却已经心软了。

"尊敬的冥王，您就答应他的请求吧。他不过是一介凡人，怎么能逃出您冥王的手心呢？"珀耳塞福涅请求道。

冥王很爱自己的妻子，也很听妻子的话，于是，他便放西绪福斯回到了人间。

谁知道西绪福斯刚一跨出冥界的大门，就立马转身朝着冥界啐了一口口水，一溜烟地找了个隐秘的地方躲了起来。这回所有的神灵都被他激怒了。从来没有人像西绪福斯这样藐视神灵的权威，甚至把神灵当傻子一样耍！奥林匹亚山上的神灵倾巢出动，把希腊翻了个底朝天，终于在一座幽深的山洞里将西绪福斯给揪了出来。

宙斯在抓到西绪福斯之后，为了杀鸡儆猴，让人类再也不敢藐视神灵，专门为他设计了一个残酷的刑罚：西绪福斯必须将一块巨石推上陡峭的高山，一旦巨石被推到山顶，他的刑罚就结束了。可是，每次西绪福斯刚刚把巨石推上山巅，石头就会顺着峭壁，从山峰的另一侧滚到山脚。于是，西绪福斯只能从头来过，再次将巨石推上山顶。如此往复，永无止境。

那些曾经被西绪福斯藐视过的神灵都想看看西绪福斯绝望的样子，便争先恐后地来到高山上。可是他们失望了。

西绪福斯每天把巨石推上山，又看着它滚下去；然后再将它推上山，又看着它滚下去……可是，他脸上每天都挂着笑容，完全看不出一点点的烦恼和绝望。

宙斯实在按捺不住心中的疑惑。一天，他变成凡人的样子来到西绪福斯身边。

"这位兄弟，过来歇歇吧。"宙斯招呼道，"你每天不停地推这块大石头，不觉得辛苦和无聊吗？"

西绪福斯看了一眼宙斯，微微一笑，坐到他的身边，说："你是哪位神灵啊，也许你就是宙斯本人吧？你们不是让我推石头吗？行，我推！你不就是想让我在周而复始的单调劳作中感到绝望和痛苦吗？不，没门！是的，我永远都不可能把巨石推到山顶。但是，每次在将巨石推向山巅时，我都向全世界，包括你们神灵展示了我的坚持和力量。是的，每次巨石刚刚被推上山顶，就会马上滚落下去。但这并不妨碍我在山顶上饱览山色，流连于层峦叠嶂、云蒸霞蔚之中。而且，在下山的途中，我还能偶尔小憩一番，养精蓄锐，抖擞精神，迎接下一次的攀登。你以为我很痛苦吗？不，其实我很快乐。"

宙斯傻眼了。是啊，面对生活中的艰辛与磨难，如果我们觉得自己很痛苦，那么，我们的日子就真的会过得越来越苦。但如果我们更加智慧地面对生活，看淡人生中的成败荣辱，将生命中的所有体验，包括失败、挫折、哀伤、惆怅、孤独，全都当作生命中不可或缺的经历和不容错过的风景，痛苦又从何而来呢？

直到今天，西绪福斯还在幸福地推着石头呢。

法国大哲学家加缪在听说了西绪福斯的故事后，情不自禁地感叹道："我相信，西绪福斯一定是幸福的。"只要我们真正拥有了智慧，我们的生活就一定是幸福的。

知识小课堂

西绪福斯精神

西绪福斯永远无法将巨石推到山顶。但他没有选择放弃，更没有悲观绝望。他的举动告诉我们，在面对困境时不要轻易放弃，而是要选择坚持和反抗；即便在面对困境时，依然要保持坚韧不拔的意志和积极向上的态度。这种精神被后人称为"西绪福斯精神"。

印度神话

象头神伽内什的故事

雪山女神帕尔瓦蒂是大神湿婆的妻子。湿婆与梵天、毗湿奴并列为印度神界的三大主神,所以平时工作特别忙,经常不在家。这天,帕尔瓦蒂待在家里,觉得特别无聊,所以决定到花园里散散心。帕尔瓦蒂是一个心灵手巧的女神,来到花园后,她便捏起了泥人。这可是她儿时最喜欢的游戏。捏着捏着,帕尔瓦蒂脑子里冒出一个主意:"既然丈夫经常不在家,那我干吗不用泥土捏出一个孩子来陪伴我呢?"

帕尔瓦蒂的双手灵巧并且充满魔力,在她的指尖下,一团金黄色的姜黄黏土仿佛被赋予了生命,缓缓成形,最终化为了一个活泼可爱的小男孩。他就是伽内什。

伽内什一出生就对世界充满了好奇。他光着脚丫，在花丛中欢快地奔跑，一会儿去追逐蝴蝶，一会儿又和小鸟对话，过了一会儿又手脚轻巧地爬到一棵树上。过了好半天，伽内什玩累了。他满头大汗地跑回帕尔瓦蒂身边，抬头望着母亲。"妈妈，"他轻声问道，声音中带着一丝不解，"你为什么要创造我呢？"

帕尔瓦蒂轻轻地将伽内什搂入怀中，用她那柔和慈爱的声音回答道："我的孩子，你是我心中最美好的梦想，是我对这个世界无尽的爱与希望的结晶。你的存在，是为了给这个世界带来更多的智慧与繁荣。我创造你，是希望你能用自己的智慧与勇气，去帮助那些需要帮助的人，去照亮那些迷茫的心灵。"

对于母亲的话，伽内什似懂非懂。不过，他还是坚定地点了点头。

又过了一段日子，伽内什逐渐长大了，成了一个小小的男子汉。别看他年龄不大，却已经开始主动为母亲分忧了。这不，他刚刚从母亲那儿讨来一份看家护院的工作。他还向母亲承诺："只要有我在，任何陌生人都别想踏进我们家半步。"

也不知道过了多少日子,湿婆在完成对天上和人间的巡游后,终于踏上了回家的路途。然而,他来到家门口时,却意外地被一个陌生的身影挡住了去路。

"站住!你是谁?为何擅自闯入我家?"伽内什的声音虽稚嫩,却透露出不容置疑的力量。

湿婆看见一个小男孩居然挡住了自己回家的路,没好气地说:"我是大神湿婆。你是谁家的孩子,竟敢阻拦在我的面前?"

伽内什从来没有见过湿婆,他粗心的母亲也从来没有在他面前提到父亲的名字,所以,他压根就不知道眼前的这个男人就是自己的父亲。他只知道自己答应过妈妈,不能让任何陌生人踏进家门。

"赶紧走开,这是雪山女神帕尔瓦蒂和我的家。你要是再不离开,小心我对你不客气!我可是女神帕尔瓦蒂的儿子,神力无穷哦!"伽内什骄傲地说道。

这可把湿婆给气坏了,心想:"我怎么不知道我还有你这么个儿子啊!"他怒气冲冲地朝家中闯去,想找妻子问个清楚。伽内什连忙上前拦住湿婆。天生神力的他伸手一推,居然把湿婆推得踉踉跄跄,连退几步，差点一屁股坐在地上。

湿婆气急败坏地抽出背上的三叉戟。伽内什丝毫也不畏惧，一把抓住三叉戟，想要将武器夺到自己手里。纠缠中，湿婆将三叉戟用力一扯，一不小心将伽内什的头颅砍了下来。

"啊！"湿婆听到妻子的尖叫，抬头一看，站在门口的妻子帕尔瓦蒂正愤怒地看着自己。她叫道："你知道你干了什么吗？这是你的儿子啊！"

听完妻子的讲述，湿婆才知道自己刚才把儿子的脑袋砍掉了。他后悔不已。可是，世界上没有后悔药可吃啊！为了弥补自己的过失、平复妻子的愤怒，湿婆找到了大神毗湿奴，希望他能够帮助自己，让儿子死而复生。

"让你儿子死而复生一点也不难。不过，他的脑袋已经被砍了下来，就没有办法再长回去了。"毗湿奴遗憾地说道。

"你就帮帮我吧，只要能弥补我的过失，哪怕把我的脑袋砍下来装在孩子身上都行！"

看来湿婆是真的意识到自己的错误了，而且是发自内心地为自己的过失感到后悔。于是毗湿奴便决定再帮一帮他。

毗湿奴对湿婆说道:"明天你朝着北方走去,路上遇到第一个动物后,就将它的头颅砍下来,装在你儿子的身上吧。"

第二天一早,湿婆便告别妻子,朝着北方走去。他走着走着,咚的一声,撞到什么上面。他抬头一看,面前赫然站着一头大象。

他想到毗湿奴的指示,尽管不太满意,还是砍下了大象的脑袋,装到伽内什的身上。

不过,伽内什对自己的这个新脑袋好像特别满意。他不但没有怪罪湿婆,还很感谢父亲给他装上了一个特别的脑袋。很快,他的大象脑袋就派上了用场。

一天,伽内什正在家里看书。说起来,他看书可有个优势,因为他只需要安静地坐在书桌前,如果需要任何书和文具,用自己的长鼻子一钩,就能拿过来了。

咚咚咚!门外响起了敲门声。伽内什打开门一看,原来是博学多识的广博仙人。

"你就是伽内什吧?大神梵天说你是一个聪明好学的孩子,现在,我需要你的帮助。"广博仙人说。

这可把伽内什高兴坏了。他读过很多广博仙人写的书，早就想认识这位博学多识的长者了。

"可是，我能为您做些什么呢？"伽内什跃跃欲试地问道。

"我想写一本名叫《摩诃婆罗多》的书，这将是一本能够永远流传于后世的伟大作品。我的灵感现在就像喷泉一样不断地在脑海中浮现，可是我老了，手脚不灵便，根本就记录不下自己头脑中的那些灵感。你能帮帮我吗？我口述，你记录，我们一起写出这本书，好吗？"

伽内什当然很乐意接受这个挑战。于是，广博仙人不停地说呀说呀，伽内什不停地记呀记呀。伽内什专门挑了一支永远不会缺少墨水的神笔来记录广博仙人的口述内容。但是，由于这本书实在太长了，神笔都被写断了。

这可怎么办？为了不打断广博仙人的思路，伽内什急中生智，眼一闭，脚一跺，啪的一声，折断自己的右牙，在牙齿上蘸上墨水，继续记录。最终，伽内什完整记录下了《摩诃婆罗多》，这部印度历史上最伟大的经典著作。

当然，从那以后，伽内什就只有一颗象牙了。

不过，没有任何人会嘲笑他，因为那根缺失的象牙会让大家永远记住他对知识的热爱和对学习的热情。

伽内什长大以后，成了一个非常聪明、非常博学的神灵，用他的智慧帮天神和人类解决了很多的难题。他甚至还用智慧战胜了穷凶极恶、四海之内难寻对手的恶神阿修罗，为天上和人间迎来了许久的安定与和平。为了纪念和感谢伽内什，人们便将他的生日定为伽内什节。直到今天，印度的小朋友都会在伽内什节手持彩绘的小象雕像，围着伽内什的雕像载歌载舞，希望自己也能成为和伽内什一样充满智慧的人。

知识小课堂

半人半兽的神灵形象

在世界各国的神话中，存在大量的半人半兽的神灵形象。除了象头人身的伽内什，还有埃及神话中鹰头人身的太阳神拉，希腊神话中人头羊身的牧羊神潘，中国神话中人首蛇身的女娲和牛头人身的神农。这些形象不仅反映了古代人类对自然界的崇拜和敬畏，也承载着丰富的文化内涵和象征意义。

日本神话

月亮公主辉夜姬

在古代的日本，有一个被翠竹绿林环绕的小村庄，村庄里住着一对慈祥的老人。老爷爷每天都会到林子里去砍竹子、摘野菜；老奶奶每天都会将老爷爷带回来的野菜做成美味的菜肴，将老爷爷带回来的竹子编织成各种物品。虽然他们的日子过得非常安稳，但这对老人也有一个遗憾，那就是他们没有自己的孩子。

有一天，老爷爷像往常一样在竹林里忙碌，挑选合适的竹竿和美味的野菜。突然，他发现一根竹子似乎在闪烁着柔和的光芒。老爷爷在竹林里劳作了一辈子，可从来没有见过这么稀奇的竹子。在好奇心的驱使下，他走过去轻轻摸了摸竹子，没想到，伴随着噼啪的声响，竹子炸开了，从竹子里蹦出了一个小小的、只有手掌大小的女婴!

老爷爷轻手轻脚地将女婴抱在怀里。婴儿的皮肤像月光一样皎洁,眼睛像星星一样闪亮。老爷爷高兴极了,他觉得这是上天对他的恩赐,于是便把这个神奇的小婴儿带回家里。老奶奶看到这个婴儿,也高兴坏了,他们终于有了自己的孩子了。

"老头子,我们给这孩子起个名字吧!"老奶奶说。

"你看,这个孩子多漂亮啊,就像是月亮散发出的光辉一样美丽,我们就叫她辉夜姬。你觉得怎么样?"老爷爷抱着孩子,爱不释手。

辉夜姬在老爷爷和老奶奶的精心照顾下,一天天地长大了。她长得特别快,不到三个月的时间,就长成了一位亭亭玉立的少女。辉月姬不仅长得非常漂亮,还特别聪明、特别善良。每当夜幕降临,辉夜姬的身上就会散发出淡淡的光芒,照亮整个小屋。你可别以为她的作用就像电灯一样哦,因为她身上的光辉不仅能带来光明,还能给人带来一种幸福和温暖的感觉;如果谁家的孩子夜里走丢了,辉月姬就会带领大家去寻找,不一会,那个走丢的孩子就会蹦蹦跳跳地朝着辉月姬身上散发的光辉跑来;

要是谁遇到什么难题，辉月姬就会静静地坐在他身边，不一会，那个遇到难题的人就能想到解决问题的好方法。村里的老老少少都特别喜欢辉夜姬。

很快，辉夜姬的美貌就传遍了整个日本。许多王子和贵族都慕名而来，希望能娶辉夜姬为妻。这下，老两口可犯了难。

"这可怎么办啊？这些人都是高官和贵族，我们谁都得罪不起啊！可我们只有一个女儿，该把她嫁给谁呢？"两人长吁短叹，就差抱头痛哭了。

"爸爸妈妈，这些王公贵族都是一些只知道欺压百姓的坏家伙，我谁都不嫁。你们放心，我自有办法对付他们。"辉夜姬自信满满地说。

"如果你想娶我为妻，就让全天下的老百姓都过上好日子。"辉夜姬对一位前来求婚的皇子说。皇子虽然面有难色，但还是答应辉夜姬自己一定会努力做到。

"等到哪天人们不再遭受战争之苦，我就嫁给你。"这次辉夜姬是对一位带领兵马的将军提出了要求。将军无奈，只好先离开了。

就这样，辉夜姬对每一位求婚者都提出了要求。虽然没有一个提亲者能够真正满足辉月姬的要求，但不知不觉中，老百姓们的日子也的确比以前好了很多。全日本的老百姓都很感激辉月姬。

就在大家都以为辉夜姬会一直陪伴着他们，给他们更多的快乐和幸福时，分别的时刻却越来越近了。

一天夜里，一群穿着华丽衣裳的仙女从月亮上飞了下来。她们来到辉夜姬的身边，行了一个礼，然后款款说道："您是月宫的小公主，因为太顽皮，犯了错才被天神贬到人间。来到人间后，你为人间带来了很多的美好和幸福，天神已经宽恕你了，你也该回到月宫了。"

"可是我很爱这里，我爱我的爸爸妈妈，我爱我的人类伙伴。我能永远留在人间吗？"辉夜姬祈求道。

"天神的旨意是不能违抗的。如果你继续留在人间，万一惹怒了天神，恐怕会给你的亲人和朋友们带来灾难。"仙子刚说完，就看到辉夜姬脸上的泪痕，便心中有些不忍，接着补充道，"而且，你回到月宫之后，还可以借助月光将你的爱和祝福播撒到更多的人身上，为更多的人造福啊！"

听了仙女的这番话，辉夜姬心里好受了一点。

她先是跟养育自己的父母告了别，又一一拜访了村庄里的村民们。大家都很舍不得辉夜姬，但是他们知道，辉夜姬身为月亮公主，有她自己的使命和责任。

辉夜姬穿上了仙子为她准备好的华丽服饰，站在了村庄旁的高山上。老爷爷、老奶奶和所有的村民们都来为她送行。随着一阵轻柔的风吹过，辉夜姬的身体开始慢慢升起，向着天空中的月亮飞去。

"孩子，你还会回来看我吗？"老爷爷老奶奶带着哭腔喊道。

"一定会的。每当月光洒在您的身上，那就是我在看着您。我会一直陪着您，陪着大家，给你们最美好的祝福的！"

她回头向大家挥手告别，眼中充满了感激和不舍，然后化成了一道耀眼的光芒，消失在了月亮之中。

从那以后，每当月圆之夜，村民们都会抬头望向天空中的月亮，仿佛能看到辉夜姬那美丽的身影在月宫中翩翩起舞，感受到辉夜姬投向自己的亲切目光。他们相信辉夜姬并没有离开他们，她只是以另一种方式守护着他们。

知识小课堂

月亮与女神

月亮以其柔和、阴晴圆缺的特质,常被用来象征女性的温柔似水、脾气多变。所以,在大多数国家的神话里,月亮总是被描述成女神而非男神,例如中国古代的嫦娥、古希腊的阿尔忒弥斯、日本的辉夜姬等。她们不仅代表着女性的美丽与智慧,也寄托了人类对于月亮的美好想象。

图书在版编目（CIP）数据

很久很久以前：中外神话故事 / 李纲编著.
武汉：长江文艺出版社，2025. 1. -- ISBN 978-7
-5702-3816-3

Ⅰ．I18

中国国家版本馆 CIP 数据核字第 20249RU227 号

很久很久以前：中外神话故事
HEN JIU HEN JIU YIQIAN : ZHONGWAI SHENHUA GUSHI

| 责任编辑：马菱苈 | 责任校对：程华清 |
| 封面设计：陈希璇 | 责任印制：邱 莉 胡丽平 |

出版： 长江出版传媒 长江文艺出版社
地址：武汉市雄楚大街 268 号　　邮编：430070
发行：长江文艺出版社
http://www.cjlap.com
印刷：武汉中科兴业印务有限公司

开本：640 毫米×970 毫米　1/16　　印张：7　　插页：4 页
版次：2025 年 1 月第 1 版　　2025 年 1 月第 1 次印刷
字数：52 千字

定价：24.00 元

版权所有，盗版必究（举报电话：027—87679308　87679310）
（图书出现印装问题，本社负责调换）